澄怀味象

CHENGHUAI WEIXIANG

——南昌市文联 2017 年采风作品集

主编◎赵军

江西美术出版社

全国百佳出版单位

澄怀味象
CHENGHUAI
WEIXIANG
——南昌市文联2017年采风作品集

编委会名单

编委会主任：赵　军

编委会副主任：贺思敏　付长庚　周文彬　雷　雨　林继敏

编　　委：黄师奇　谢佐华　王剑媛　黄　菲　丁磊明　吴　欢　肖　悦

主　　编：赵　军

执行主编：谢佐华

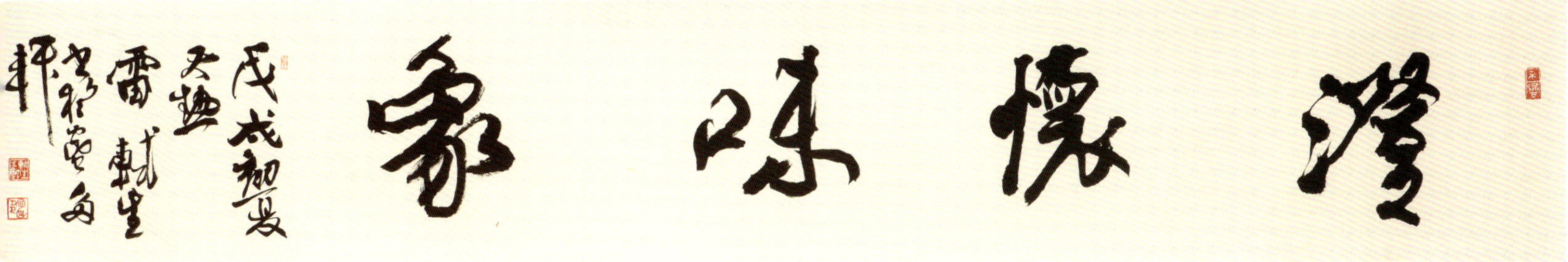
澄懷味象

澄怀味象笔生花

赵军

南朝画论家宗炳在《画山水序》中云："圣人含道映物，贤者澄怀味象。"就是说，审美主体以清澄纯净、无物无欲的情怀，品味、感悟审美对象的情趣意蕴、生命精神。

毋庸讳言，当前文艺界或多或少存在泛娱乐的文化生态、"文化失觉"现象和浮躁之风，个别人过分追求市场价值，一些文艺作品呈现娱乐化、低俗化倾向。文艺工作者如何成为时代风气的先觉者？如何用作品展现出社会历史高度，富含民族文化精神？如何传递正能量，弘扬中国精神？这是值得文艺工作者深思的。

鲁迅先生曾说："文艺是国民精神所发的火光，同时也是引导国民精神的前途的灯火。"引导文艺工作者走出书斋、走出象牙塔，亲近自然，深入生活，扎根人民，从而涤除俗念，陶冶情操，采造化之灵气、写物象之精神，对于推出有筋骨、有道德、有温度的精品力作，推进文艺事业发展，无疑是大有裨益的。

"江山留胜迹，我辈复登临。"为了让"出人才、出作品、出影响力"的路子走得更宽一些，南昌市文联近年来作了一些探索和尝试，每年精心组织艺术家围绕主题开展采风创作活动。继开展了"外师造化·中得心源——灵秀赣鄱行"文艺采风、"逸兴遄飞"文艺采风之后，南昌市文联于 2017 年组织文艺采风团 60 多人，分赴广西、湖北、浙江开展了"澄怀味象"采风活动。采风活动得到了广大艺术家的好评。

采风活动中，文艺工作者或探访诸葛亮隐居过的古隆中，或登上武当山感受道教文化的魅力，或深入广西侗寨品尝"百家宴"，或夜游雁荡山、泛舟楠溪江，饱览祖国江山秀色，感受独特民俗民风。采风团成员纷纷感到，只有真正贴近群众、贴近生活，才能感悟到大千世界的美，找到提升创作水准的突破口。

采风结束后，艺术家们积极投入创作，南昌市文联精心汇编了这本作品集。翻开作品集，100 余件文艺作品，用文学、书法、绘画、摄影等不同艺术形式，反映了祖国的优美自然风光和独特风土人情，体现了多彩的创作理念、高尚的艺术修为和诚恳的创作态度，抒发了对于未来的憧憬和期待，彰显了性灵之美、信仰之美、崇高之美。

"笼天地于宇内,挫万物于笔端"，澄怀观道，物我两忘，虽不能至，心向往之。前方风光无限，我们一路行吟，一路高歌，永远在路上！

（作者系南昌市文联党组书记、主席）

目录 Contents

绘画作品

摄影作品

文 学 作 品　WENXUE ZUOPIN

"呀罗耶，耶罗嗬！" / 王芸

在漫长的等待之后，她们从村子的深处汇聚而来。

她们的头饰，一眼望去，仿佛可听见颜色的喧响。呈扇形散开的银饰枝桠，挑着七彩的绒球，晃动的银质花盏和碎片，正中的一柄格外高耸，仿佛昂首的凤凰。胸饰是三枚同心圆，最大的直径几与身子同宽，银质，哑光，却夸张、触目。将头发束成发髻的头绳，也是彩色的……头饰和胸饰构成明亮、夺目、张扬的整体，彼此相似，却无雷同。她们的服装也是，看起来相似，却有着不一样的细部，如同镶嵌其中她们的脸。

一张张脸的表情是内敛的，素朴的，甚至有的带了羞涩，尽管她们经常面对陌生的游客，经常表演这熟之又熟的侗族"多耶"（汉语"踏歌而舞"意），可面对陌生人的生涩依然没有褪尽。这生涩恰到好处地平衡了饰物的峭拔，给人既惊艳又朴素之感。

她们的衣裙有种奇特的光泽。后来得知，布料是侗族女人们自己织就、染色，涂抹蛋清后反复捶打，再涂抹再捶打而成。结实而有光亮，如同她们即将表演的歌舞。

戏台正对鼓楼，分立广场两端。午后我们达冠小村，将一下午的奢侈时光支付给了这个村落。

某户人家新房落成的宴席至两点才散。十几桌男人，占据戏台的高处，那里没有一个女人踏足。她们坐在台下，满广场数十桌席坐的都是女人。那时，她们还没穿上舞蹈的服装，没有披挂银饰，模样素朴无奇。

席散，她们挑着各自的小担，里面盛一捧白米——主人的回礼，散去村庄深处，也有的出村回家。

广场和鼓楼又成了男人们的天下。我在村子的巷道徜徉，看不到她们，只有比人还高的芋头叶子和不知名的蓬草，点缀着这个村庄，一同在金属质感的阳光下肃立。

在侗族村寨，鼓楼通常是男人们的场域，是一个村寨的核。休闲，议事，聚会，都在这里。八角形木顶飞檐，累叠高耸，灰与白稳重简洁，却是整座村庄最醒目的笔触。楼内四根立柱象征四季，十二根环柱代表十二月，与自然时序呼应。整座鼓楼靠木榫相合，不用一钉一铆，形态峭拔而灵动。

穿对襟布衣的老人坐在鼓楼前，闲看人来人往。不知是谁提议，忽见他起身亮开姿态，嘴里咿呀有声，手势、步伐从容利落，韵味十足。一旁的村人热心介绍，老人 80 有余，是村中唱侗戏的高手，年轻时曾在舞台上男扮女装，而今耳朵已不灵，再难登台。面对人们的问话，老人只笑不语。

短暂的喧嚣过后，人群散去，老人也离去了。这个下午，只是老人漫长时光中的一个小小插曲。若非一句不经意的问询，他将只是我们眼中静默的风景，形同纸面上的影子，而非一帧有声有色的立体的形象。

而那一个个以羞涩的微笑和不语面对我们的女人，始终是平面的影子，她们有着怎样的故事？怎样的来处？怎样的忧欢悲喜？我们无缘得知。

呈散立状态的她们，被聚拢在一起，在台阶上列队，构成表演的群阵。她们淹没在银饰的夺目中，再难分清彼此。

站在人群之外的我，看着她们唱起"迎宾歌"，歌声掀动一波波热闹的高潮。这群高矮胖瘦、年龄不一的女人，她们在一个村庄里见证彼此的生活。看起来，她们是不同于我们的群体，却又与我们没什么不同，我们有共同的名字——女人，在生活中承担女儿、妻子、母亲、祖母的身份，以及附着于上的责任。

男人仿佛只是这场盛大活动和喧闹场景的点缀，人数远远少于女人。在整场歌舞演出中，他们只出现在两场舞蹈中，其余时间他们袖着手，和游客一样散坐四周，观看女人们唱跳歌舞。

"呀罗耶，耶罗嗬！……呀罗耶，耶罗嗬！……"结实而有光亮的，歌声与舞蹈。

演出结束，她们一刻不歇地忙碌开来，摆桌凳，摆碗筷，摆饭菜，摆酒盏。从一个个竹篮里拿出装有饭菜的碗碟，她们亦是即将开始的侗乡特色"百家宴"的主角。

满场忙碌的身影中没有男人。他们隐匿在黑色对襟布衣中，面目模糊。

他和她们，经营着一条游船，那游船重复往返于三江汇流处，每天承载着一拨又一拨不同的游客。他和她们，还经营着一个供游客驻足休憩餐饮的岸上景点，那里有一棵巨大的榕树，每天目睹他们为一拨又一拨游客，表演芦笙和琵琶，表演大调、小调、大歌、小歌，表演"多耶"，表演打糍粑，表演侗族"高山流水"式敬酒……日复一日，树上已挂满祈愿的红绸带。

五个女人是主角，又是明显的从属者，由那个男人带领。在他的指挥下，她们表演一个又一个歌舞节目。这是一群原生态的歌舞者，没受过什么专业训练，她们脸上抹了粉擦了口红，谈不上多美，却自有其动人处，让人感觉不到经年表演的油腻与油滑。我格外留意年龄相对年轻、容貌也相对端正的她，她的歌舞姿态也最为投入。

她们似乎任劳任怨地承担了从表演到服务的所有环节。表演之余，她和同伴们用力地挥动木杵，击打糯软黏稠的糍粑，与游客们分食。灶火、糯米饭和午间的菜肴，也由她们几个操持。她们脸上的笑容真实无饰，毫无勉强和表演的成分。

从他和她们身上，我蓦地看清了侗族男人与女人的日常模式。那是属于侗族特有的男女关系，维系着这一民族的日常吐纳、繁衍生息，也构成侗族独特的民族风情。

"呀罗耶，耶罗嗬！……呀罗耶，耶罗嗬！……"结实而又光亮的，歌唱与舞蹈。

她们登上三江"鸟巢"的大型舞台，以柔情而俏皮的腔调吟唱"无岩，无石，哥，坐到妹的霸腿上……"大型歌舞剧《坐妹》呈现的是她们的又一立面，娇憨，妩媚，柔情，大胆地爱恋，真挚地携手。她们与他们，平等而和谐地互动，行歌坐夜，歌吟欢舞，过结结实实的人生。

"呀罗耶，耶罗嗬！……呀罗耶，耶罗嗬！……"这吟唱，仿佛是对侗族风情的有声注释，又是对侗乡女人的歌咏感叹，刻于记忆。

行走在路上，遇见一些人，可能只是刹那间的擦身而过，却也在记忆中擦出些微印痕，帮我们完成着关于人生百态的体悟，完成着对自身的探看、雕刻与圆满。

青藤缠绕
龚家凤

藤怪何首乌

孩提时候的一天，同四五个伙计，在村侧边的一个斜坡上牵藤扯蔓，挖葛吃，却挖出了一只黑乎乎、像人一样的怪物，我们大吃一惊，吓得作鸟兽散。

听母亲说，树有树精，藤有藤怪。这可就是藤怪？

吃夜饭的时候，我把此事说给父母亲听。

父亲说：这是很珍贵的药材，叫何首乌，好几百年上千年，才会长成人形。在早先，梅岭有个村庄的人，大都长命百岁，就是八九十岁的人，都是满头黑发。相反，有的老人，还羡慕别的村庄老人有一头白发呢。后来有个郎中，发现他们井边有棵何首乌，藤蔓粗壮，枝繁叶茂，把水井都盖住了。这个故事很快流传开了。村中有个好吃懒做的人，偷偷把这棵好几百年的何首乌，挖去卖了。奇怪的是，几个月后，村中老人，不但头发白了，连胡子也白了。

这个故事给我强烈的震撼。第二天大清早，我去看那只被遗弃的何首乌，却见它已不翼而飞，只剩一地的何首乌藤。

此后，我对何首乌格外钟情。在菜园的篱笆上、断垣残壁边、岩石缝中，都能看见它的情影。它的藤蔓长得很繁茂，多为淡红色；叶子有些像山药，呈三角形，青翠欲滴；花序圆锥状，顶生或腋生，看过去白花花的，清丽脱俗，芳香逼人。

苏颂编著的《本草图经》说："何首乌，今在处有之。以西洛嵩山及南京柘城县者为胜。春生苗叶，叶相对如山芋而不光泽。其茎蔓延竹木墙壁间。结子有棱似荞麦而细小，才如粟大。秋冬取根，大者如拳，各有五棱瓣，似小甜瓜。"

鲁迅先生在《从百草园到三味书屋》中描述："何首乌藤和木莲藤缠络着，木莲有莲房一般的果实，何首乌有臃肿的根。有人说，何首乌根是有像人形的，吃了便可以成仙，我于是常常拔它起来，牵连不断地拔起来，也曾因此弄坏了泥墙，却从来没有见过有一块根像人样。"

是的，后来我曾经挖过许多棵何首乌，再也没有见过像人形的根。我问过好多个采药人，他们采了一辈子的药，也不曾看见过。

唐代文学家李翱《何首乌传》记载：

何首乌者，顺州南河县人。祖名能嗣，父名延秀。能嗣本名田儿，生而阆弱，年五十八，无妻子，常慕道术，随师在山。一日，醉卧山野，忽见有藤二株，相去三尺余，苗蔓相交，久而方解，解而又交。田儿惊讶其异，至旦遂掘其根归。问诸人，无识者。后有山老忽来。示之。答曰："子既无嗣，其藤乃异，此恐是神之药，何不服之？"遂杵为末，空心酒服一钱。七日而思人道，数月身体强健，因此常服，又加至二钱。经年旧疾皆痊，发乌容少。十年之内，即生数男，乃改名能嗣。后与子延秀服，皆寿百六十岁。延秀生首乌。首乌服后，亦生数子，年百三十岁，发犹黑。有李安其者，与首乌乡里亲善，窃得方服，其寿亦长。遂叙其事而传之云。

这个故事，把何首乌写成了神丹妙药，不但能让人身强体壮，还能延年益寿。

明代龚廷贤《药性歌》云："何首乌甘，种子添精，黑发悦颜，补血养阴。"

家乡偏方，将何首乌的叶捣烂，或用根捣烂和上洗米水，敷在患处，便可消肿止痛。

现代科学证明，何首乌能补肝肾，益精血，乌须发，强筋骨，降血脂，促进造血功能，提高免疫功能，延缓衰老。

万物皆有灵。何首乌，能吸取天地日月之精华，经过千百年风雨的"锻炼"，成为植物王国的一个传奇！

凌霄

凌霄花，乍看就像一团燃烧的火焰。

就在这秋风萧瑟、落叶飘零的晚秋，它竟然枝蔓青翠，艳压群芳。

凌霄花，也叫紫葳、上树蜈蚣。它看似弱不禁风，就凭它那蜈蚣似的细脚，能攀墙附树，直冲云霄。

凌者，逾越也；霄者，云天也。凌霄，本来指的是九天之上玉皇大帝的凌霄宝殿。

也许是它开在虫声唧唧的清秋的缘故吧，看似开得很热烈，但给人的感觉却很清冷。

它的生命力很强，能适合各种土壤。小桥流水边，竹篱茅舍旁，深山老林里，都能看到它婀娜多姿的身姿。很多山里人家的院墙上，喜欢栽一些凌霄花作为点缀。

我到过苏州园林、凤凰古城、杭州西湖，就是异国他乡首尔的北村，也能经常看到它的倩影。

凌霄花是一种很常见的园林花卉。

我记得小时候去马口打毛栗，要经过流水潺潺、乱石磊磊的北流港。很多流水滩头，有一座接一座舂木粉的水碓，在吱吱呀呀，唱着古老的歌谣，更吸引我们眼球的是，这样古拙的碓房上，竟然开满了凌霄花。

北流港，乃太平三港之一。因往北流，故名。另外两港是七房港、桐源港。

《诗经·苕之华》云："苕之华，芸其黄矣。维其伤矣，心之忧矣……""苕"，就是凌霄。余冠英先生《诗经选译》说："这诗反映荒年饥馑，诗人感于凌霄花的荣盛而叹人的憔悴。"

陈淏之《花镜》："凌霄一名紫葳，又名陵苕、鬼目。蔓生，必附于木之南枝而上，高可数丈。蔓间有须如蝎虎足着树最坚牢，久则木大如杯。春初生枝，一枝数叶，尖长有齿，深青色。开花每枝十余朵，大若牵牛状。花头开五瓣，上有数点黄色。夏中乃盈，深秋更赤。八月结荚如豆角，长三寸许，子轻薄如榆仁，用有蟠绣石，自是可观。但花香劣，闻太久则伤脑，妇人闻之能堕胎，不可不慎。昔洛阳富韩公家植一本，初无所依附而能特立，岁久遂成大树，亭亭可爱，亦草木之出乎其类则也。"

凌霄花粉有毒，不可近玩。

凌霄的花、根、叶，都是很好的中药材。凌霄花性寒，味辛、酸，有活血凉血和痛经散瘀的功能。凌霄根煎汤，有利于减轻风湿性关节痛。

那时，在我们村头，一棵古枫树上，缠绕着一棵手臂粗的凌霄花，每年深秋，喧宾夺主，开得热闹。后来枫树枯死了，凌霄花更是一枝独秀。就在有一年，凌霄花正开得如火如荼的时候，古枫树因根基霉烂，支撑不住，轰然倒地。可凌霄花也香消玉殒，趴在地上，再也起不来了。

白居易《有木名凌霄》诗云：

有木名凌霄，擢秀非孤标。

偶依一株树，遂抽百尺条。

托根附树身，开花寄树梢。

自谓得其势，无因有动摇。

一旦树摧倒，独立暂飘摇。

疾风从东起，吹折不终朝。

朝为拂云花，暮为委地樵。

寄言立身者，勿学柔弱苗。

在诗中，诗人严厉抨击依附权势、攀附高位的小人，一旦得势，扬扬自得。告诫世人，为人处世，要自立自强。

凌霄花虽有凌云之志，却难得独善其身。

山药

中秋佳节，回桐源老家与亲人团聚。路过太平心街，见一个老乡提着一篮野山药在叫卖，一问价格，要 20 块钱一斤，比菜市场人工种植的要贵好几倍。

我说："你总不能捉到白鹭当鹅卖吧，15 块卖不卖？"

老乡说："宁吃鲜桃一口，不吃烂李一筐。我这是货真价实的野山薯哦。"

我心头一热，一口气把他一篮子山药全买下来了。

山药，原名薯蓣，因避唐代宗李预的讳，改为薯药。到北宋时期，宋英宗赵曙登基，也是为了避讳，改名为山药。后来，又因河南怀庆府（今博爱、武陟、温县等地方）产山药，故又名怀山药。此外，还有玉廷、修脆、山芋、山薯、土薯、延草、蛇芋、玉芋、九黄姜等二十多个名称呢。不过在我乡，还是习惯叫山薯。

《本草纲目》载："四月生苗延蔓，紫茎绿叶，叶有三尖，似白牵牛叶而更光润。五六月开花成穗，淡红色。结荚成簇，荚凡三棱合成，坚而无仁。其子别结于一旁，状似雷丸，大小不一，皮色土黄而肉白，煮食甘滑，与其根同。薯蓣入药，野生者为胜，若供馔，则家种为良。"

《神农本草经》说，山药能"补虚，除寒湿、邪气，补中益气力，长肌肉。久服耳目聪明"。

陆游有诗云："久缘多病疏云液，近为长斋煮玉延。"

《红楼梦》第十一回，写到秦可卿身体日渐衰弱，贾母专门派人送去枣泥山药糕。一日，王熙凤前去探望，秦可卿说："昨日老太太赏的那枣泥馅的山药糕，我倒吃了两块，倒像克化得动似的。"凤姐儿答道："明日再给你送来。"

枣泥山药糕，补血行气，健脾益气，的确是很好的滋补品。

我乡有个故事，说有个老妇人，年迈体衰，卧床不起。一日，她的儿子请了个老郎中来看病。

郎中把完脉，摆了摆手说："罢了，不用开药。"

老妇人以为自己的病没有救了，吓得脸转黄土色，浑身哆嗦。

郎中呵呵笑着对老妇人说："这样吧，叫你崽去山上挖一些野山药，炆粥吃，连吃五日，包好！"

后来，老妇人身体果然日渐硬朗。这个故事，可见山药的妙处。

山药的藤蔓细长，攀树而生，叶片卵状，呈三角形。根茎如棍，长可一米，且多须。肉质洁白细嫩，多黏液。花黄绿色，为穗状花序。子房为菱形，分三翅，一串有几十个。细伢子摘来，喜欢架在鼻子上玩，习惯称它为"鼻子"。

就在山药果实成熟的时候，叶子也就泛黄了。

我小时候挖山药，肩上扛着一把锄头，腰间插着一把刀，手里提着一只篮子，人还在田畈走，只要看见山间绿树上夹杂着黄叶，就可以判断，那就是山药藤，便一往直前。

在阳光充足、土壤肥沃的山谷中，只要找到指头般粗的老藤，就可以挖出手臂粗的根茎。其实挖山药是苦差事，因它的根茎长得太深，挖到半截，就累得气喘吁吁，稍一扳，也就断了。有的长在石头上，它的块茎横向发展，形状有些像巴掌。我最喜欢挖这种山药了。

山川大地，厚德载物。我十几岁时，也和公社社员混在一起赚工分。在寒冬腊月锄油茶山的时候，无意中，常能挖到冬笋，还有山药。劳动虽是辛苦，却常能给我们意外的惊喜。

山药的吃法很多，可炒，可煮，可炆。

山药是美食，更是良药。

金银花

又是金又是银的，乍一听，像是一个乡下妇女的名字，很是土气。它初开为白色，两三天后，便变成金黄色，故得此名。

它的藤蔓芊芊，或青翠，或暗红；叶片墨绿如黛玉，疏疏离离；缀上这黄白相间的花朵，真的是袅袅婷婷，风韵别致。

金银花又叫鸳鸯藤，是因为它的花朵，都是并蒂而开，成双成对，像依偎在一起的恋人。唐才女薛涛有首叫《鸳鸯草》的诗："绿英满香砌，两两鸳鸯小。但娱春日长，不管秋风早。"北宋诗人宋祁说："鸳鸯草春叶晚生。其稚花在叶中两两相向，如飞鸟对翔。"

金银花，也叫忍冬，是一剂清热解毒的良药。忍冬者，凌冬不凋之谓。它在佛教上，比喻人的灵魂不灭。

江西鄱阳人洪迈，在志怪笔记小说《夷坚志》中说："中野菌毒，急采鸳鸯草啖之，即今忍冬草也。"

相传，有几个和尚，在山中赶路。天色将暮，前不着村，后不着店，饥肠辘辘，无处化缘，看见路边有一丛蘑菇，便架起沙窝，采来煮了吃了。哪知道这是毒蘑菇，吃下不久，就天旋地转起来，上呕下泻，危在旦夕！其中有个和尚，做过郎中，见近处有棵金银花开得茂盛，就叫大家连叶带花，嚼着吃。吃了的都化险为夷，其中有两个和尚，嫌叶子太苦涩，不肯吃，就到西方极乐世界报到去了。

李时珍《本草纲目》载："金银花，善于化毒，故治痈疽、肿毒、疮癣。"

龚廷贤《四百味药性歌括》云："金银花甘，疗痈无对，未成则散，已成则溃。"

金银花的全草均可入药，有生津止渴、清热解毒的功效。盛夏酷暑，用花和茶叶沏泡，或以花代茶，有祛暑明目之效，但不可长期饮用。

在我乡，很多人家都备有金银花。细伢子风寒感冒、咽喉肿痛、痢疾肠炎或疗疮疖毒等，只要把金银花当茶喝个两三天，就康复了。我的伯父，在金银花开前夕，连同藤蔓割回家，斩成一截截晒干，一年四季当茶喝。伯父经常在锡壶里放一把金银花藤，倒上开水煮，放在座炉上保温，一家人一天喝到晚。我经常去伯父家喝这种茶，倒在碗里，颜色呈琥珀色，味道清淡，略带一点草木清香。

伯父说："金银花只能排五脏里的毒，而藤蔓却可排筋骨里的毒。"

金银花多半长在空气湿润的溪边、山脚下，或依附在灌木丛中，或攀爬在岩石上。

摘金银花，讲究在晴天丽日的时候，当着日头摘下，晒干。含苞待放者品质最佳。每年都有人来收购，他们看成色出价，每斤二三十元。

金银花开的季节，我们成群结队去采摘。一边采，还一边唱着歌谣：

金藤花，银藤花，有女不嫁欧阳家。路又远，井又深，凉桶打水手遮阴。落掉戒指犹事可，捡到戒指又还我。碓臼舂米碓臼量，阿公叔伯说我偷米到爷娘。我爷娘不是穷家子，全打屋树银打梁。砍根竹篙晒衣裳，竹篙杪上晒花裙，花花轿子抬花人。一年抬掉千万个，还有几多打单身。

这里所说的欧阳家，乃唐代诗人欧阳持的后裔。也许是这个村子的一个妇人，在采摘金银花的时候，想起心中的委屈，就唱出了这样一首歌谣。

有时，我们还会唱：

金银花，娘走家，走到东家说西家。说得东家菜好吃，说得西家酒生花。惹得东家不说好，惹得西家气坏他。日耕夜织过日子，今后再也不走家。

这首歌谣，唱出了乡下妇女的众生相。所谓的长舌妇是也。

青山不老，绿水长流。可今日的乡下孩子去摘金银花，再也不会唱这样的歌谣了！他们会觉得这歌谣很土。但土到极致，便是风雅。

种南瓜

南瓜的生命力很强，只要在田头地角，丢下一粒种子，就能茁壮成长，开花结果。

那年，我大约五岁多吧，一次在田畈里挖野菜，在溪边杂草丛中，发现一棵南瓜藤。它除了两片芽叶外，还长了四片巴掌大的叶子，油青墨绿的，触须张牙舞爪，彰显着勃勃生机。这棵南瓜藤显然是不种自生，或是大水冲到这里，或是谁遗落的种子。

我搬了一些石块，把它围成一个圈，把它占为己有。我隔三差五来看它，给它浇水施肥。有一种貌似夜火虫的虫子，经常来蚕食它的叶子，我请教母亲，在它叶子有露水的时候，撒上几把草木灰，果然安然无恙。

渐渐地，我的南瓜藤开花了，结瓜了。到了盛夏，有四只南瓜，都长到脸盆一样大，少说也有十斤。我经常来这里欣赏这四只南瓜，心里别提有多欢喜。一天大雨终日，溪水暴涨。我来到溪边一看，四只南瓜在激流中漂荡。我当机立断，把南瓜摘下。

我家的菜园子，东面有一溜茅厕和猪槽。母亲因地制宜，便挨茅厕、猪槽，年年栽一行南瓜藤。因南瓜藤根系发达，能吸收到人畜粪便，另外，南瓜藤可直接爬到茅屋上去。我们家的南瓜，年年收获颇丰。摘南瓜的时候，我便号召村里的伙计们帮忙，就像跑马灯似的往我家搬。

种南瓜真好，南瓜可当菜，可当饭。

叶子炒熟了，如果你嫌它粗糙，加点米汤一煮，便滋润多了。花可蒸蛋，梗可炒辣椒。南瓜除了做菜，可煮粥，可镶饭，可做南瓜饼。南瓜晒干来，用豆子煮，可做零食吃。南瓜子留得过年待客，还可省下买瓜子的钱。

时珍本草曰：南瓜种出南番，转入闽、浙，今燕京诸处亦有之矣。三月下种，宜沙沃地。四月生苗，引蔓甚繁，一蔓可延十余丈，节节有根，近地即着。其茎中空。其叶状如蜀葵而大如荷叶。八、九月开黄花，如西瓜花。结瓜正圆，大如西瓜，皮上有棱如甜瓜。一本可结数十颗，其色或绿或黄或红。经霜收置暖处，可留至春。其子如冬瓜子。其肉浓色黄，不可生食，惟去皮瓤瀹食，味如山药。同猪肉煮食更良，亦可蜜煎。按王祯《农书》云：浙中一种阴瓜，宜阴地种之。秋熟色黄如金，皮肤稍浓，可藏至春，食之如新。疑此即南瓜也。

可见，我国各地都栽种南瓜。

当年红军在井冈山，吃红米饭，喝南瓜汤，挖野菜当干粮。井冈山的南瓜，成了艰苦朴素的代名词，也成了人们心中一种红色的记忆。

记得读小学的时候，学过一首《井冈山下种南瓜》的歌，歌词开头几句唱道：

"小锄头呀手中拿，手呀么手中拿呀，井冈山下种南瓜，种呀么种南瓜呀……"

南瓜，江南农村家家都种，只是种在菜园里。后来，中华大地迎来了一个"以阶级斗争为纲"的年代。阶级斗争要年年讲，月月讲，日日讲。与天斗其乐无穷，与地斗其乐无穷，与人斗其乐无穷。斗得田地都荒芜了，居然有人头脑发热，号令社员上山开荒种南瓜。

记得在我村，干部群众齐动手，将村前一座碧绿茂盛、被人称为"铁杆庄稼"的油茶山砍个精光，再将山垦了一遍，挖了一个个坑。又挑来一担担猪粪、牛粪，名曰改良土壤。每个坑种上一粒南瓜子，浇上一瓢泉水。十天半月后，南瓜发芽了，抽蔓了。不久，还真的开出金黄色的花，后来又长出翡翠色的瓜。

连喇叭里都唱着："公社是棵常青藤，社员都是藤上的瓜，瓜儿连着藤，藤儿牵着瓜，藤儿越肥瓜越甜，藤儿越壮瓜越大。公社的青藤连万家，齐心合力种庄稼，手勤庄稼好，心齐力量大，集体经济大发展，社员心里乐开花……"

这，真是一个人定胜天的年代。这，真是一个不怕做不到就怕想不到的年代。这，是一个很喧嚣也很热闹的时代。

据说，我村的南瓜还上了本地报纸、省广播电台呢。不少公社、大队干部因南瓜而得以升迁，唱出一折现代版的《南瓜记》。

但终因山上地底肥力不足，南瓜才长得像碗口般大，就打住了，藤蔓瘦下去，叶子也枯黄了。

到秋天的时候，一整座山才摘到三四担南瓜。

那天，我和几个小伙伴在看摘南瓜，扬扬得意地说："嗨，这么一座山，真的还不如我在溪边上栽几棵南瓜长得多呢。"

有个年纪比我大的小伙计，摆了摆手说："嘘，不要乱说话，小心被打成反革命。"

是的，我的大哥在那之前正是因为说话不用脑子，被抓去游行。戴喇叭帽、挂牌不说，还和地主的儿子抬刘少奇像，每到一个村子，都要低头认罪。据说差一点打成了现行反革命呢。

那年，虽然村里人家家户户如愿以偿，分得了几只南瓜，吃上了几顿南瓜饭，但付出的代价太大！太大！

试问，聪明的人，为何要干这样得不偿失的蠢事呢？

可以这样说，只要官僚主义不绝种，总有一天，有人还会干出上山种南瓜的荒唐事！

南瓜本是自然健康的绿色食品，一旦有人硬要把它染成红色，便会藤蔫瓜落。

洪崖老藤

今日洪崖丹井的自然景观，除了水秀石奇外，还有一个特征，就是藤蔓长得茂盛。

人们经常用巨藤如蟒，来形容藤蔓的粗壮。而此处的老藤却像钵一样壮，在山崖上、林木间、溪涧里，或垂直而下，或纵横交错，真乃天下奇观也。

明代武英殿大学士、太子太保张位罢官后，来此探幽，有诗云：

逢泉皆可坐，击石自成吟。
处处藤萝好，重重紫翠深。
人稀莺啭谷，院静鹤盘林。
何福生居地，桃源莫更寻。

佛家说：万物皆有灵。这里的藤，似乎沾了洪崖先生的灵气和仙气，又好像是答谢张相国题咏的知遇之恩，才横空出世，不同凡响。

山中自有千年树，世上难逢百岁人。听老一辈的人说：藤有藤精，树有树怪。难道此藤成精了？

此藤，叫常青油麻藤，乃豆科植物，叶片有些像三叶木通。

暮春三月，油麻藤开花了。深紫色的花，一串串悬挂于盘曲的老茎上。每串有花二三十朵，每朵花有五瓣。花托似禾雀头，两旁还有眼睛似的小黑点。正中的一瓣似雀背，两侧的花瓣似雀翼，底瓣后伸，是为尾巴。有人干脆就叫它禾雀花。

有人这样形容常青油麻藤："一藤成景，千藤闹春，百鸟归巢，万鸟栖枝。"

常青油麻藤结的荚果，长可二三尺，有点像菜园里的刀豆。子的形状像蚕豆，乌黑，色泽光亮，比算盘子还要大一倍多，真好像是传说中的魔豆。

常青油麻藤处处有之。深秋的时候，乡间的细伢子把常青油麻藤籽摘回家，剥开，将子晒干，在中间钻一个孔，用牛筋串成一个圆圈，代替瓦片，用来跳房子。在地上画上八个方格，每个方格一平方尺见方。每到放学后，便呼朋引伴踢起来。一脚踢去，要确保不压线。急不得，也慢不得。从第一间踢到第八间，便可封一间房，写上自己的名字。房子封得多了，就犹如封疆大吏一样，颇有成就感呢。

用常青油麻藤子跳房子，踢起来既不滑溜，也不呆笨。若做人学得此道，可就老到了。

常春油麻藤，皮可造纸，枝可编箩筐，根可提取淀粉，子可榨油。还可药用，有活血去瘀、舒筋活络之功效。

据老一辈的人说，洪崖常春油麻藤，要隔三十年才结一次籽呢。我经常到洪崖丹井游玩，真的是只它见开花，不见它结果。人生能有几个三十年？说起来真叫英雄气短！

洪崖老藤，就是这样一棵神奇的藤中奇葩！

多耶，一种精神气象 / 吴邦国

一

　　我是带着一种神秘和崇敬走进多耶的，相信所有走进多耶的人都是这样，从他们的眼光中都看到了那种惊奇和希冀。进到这里，几乎所有的人一下子都亢奋起来了。不分年龄，忘却了性别，忘我地投入在一种新的精神气象中。

　　这就是多耶的力量。

　　多耶在哪？多耶是什么？

　　多耶在侗乡，多耶在多耶人的心里，多耶是多耶人的魂。

　　山还是那山，绿得发蓝；水还是那水，清得见底；空气还是那空气，看不见摸不着。可一跨进这片土地，明显地就能感觉到空气中流动着一绺曲线，似那轻扬的五线谱，滚动着一种旋律，拂拭在人们的脸上，变幻出一种光芒。我相信，那是从人们心底发出来的，张扬着每一根神经。

　　这时我才领悟到，为什么生活在这里的人们，脸上每天都是晴朗朗的。

　　其实，"多耶"是侗语音译，"耶"是从一种侗族民歌中带有耶的衬词而得名。"多"是侗语，是唱的意思。"多耶"为"踏歌而舞"之意，它是侗族的传统民歌形式，也是侗族大型集体舞。

　　看着这块肥沃而又神奇的、积攒了几千年民族传统文化的黑土地，一只脚刚踏上这里，就深深地陷入那文化传统之中不可自拔。一时间，就有了挥锄扬镐之冲动。难怪多耶能在这里得以萌发，得以成长，得以延生。

在与多耶共享的日子里，从他们那黝黑的脸膛上，我仿佛看到了古代侗乡先民们为了生存繁衍，在与大自然作斗争的各种劳作中雕刻出来的层层皱纹。一颦一笑，似一条条奔放的河。他们没有被那自然灾害所恫吓，没有被野兽所困倒。他们手拉着手，围成了一圈、又一圈……唱着、跳着、舞着。"呀罗耶，耶罗嗬……"这声调似乐谱弥漫在整个空气的流动中，这是最原始的劳动号子，这是最早的随着劳作方式进行的一种语言交流。就是这种原生态的音符，让凶猛的巨兽望而却步，让各种自然灾害远离人间。这拧成了一种多么庞大的力量，这是最古老的一种"团结就是力量"的友谊象征。同时，印证了艺术起源于劳动这一科学的论断。

这是一种从远古而来的群体底气，逐渐凝聚成了一种气象，继而形成了一个民族的特色。于是，就是这些语言及动作，便成了今天的多耶，成了今天的侗乡，成了今天的侗族大歌。

二

所有侗乡人都是为歌而生。

走在这蜿蜒的小路上，一不留神，就会有人在拦着你。路上有，进到村口也有。拦着你的不是什么凶神恶煞的打劫者，而是多耶。

有的是一根系着红布的竹竿，有的就是一根红线带，横着一挡，拦你没商量。这也不知是哪个先民想出来的，拦着你不为别的，要你对歌。对上了，请你进；对不上，请喝酒。可见，走进多耶这块乡土，那是要有歌喉和酒量的。

也有外来人不知深浅，说，歌比不过就比酒。岂知那酒敬起来让人望而生畏，有几分霸蛮，也有几分乐趣。五六个小妹用酒壶层叠架起倒酒，一层比一层高，土称"高山流水"。拿城里人来说，就像开着的自来水龙头，喝吧！不能不喝，不喝她们就唱，那女声合起来似鸟鸣，特别好听——

小小呀一杯酒敬给我阿哥

请你呀把它喝下去

如果你不喝就揪你耳朵

请你呀把它喝下去……

这唱的什么呀！就是这土到掉渣的歌词，戏耍中还透着一股灵秀和情调，听起来那么悦耳，那么诱人，那么入人心、接地气。就是这股气，蕴育了这个民族的精神底气。

这真是一个富有山野风情的民族。

歌王梁与我说，还有比这更野、更有趣、更直接、更土的，那就是他们侗乡人之间唱的拦路歌，比起上面的拦路唱歌来得更疯狂。

可不，那边有新娘三朝回门，从夫家回娘家，男方寨上派一支队伍陪伴新娘前往女方寨子。女方寨上用纺车、织布机、油茶滤、杉木尾、禾杆草、干辣椒、柚子枝叶、竹篓、鸡笼、木马、风车之类，一步步堵塞路口。歌手沿路摆开阵势，众多乡亲围观助威。双方对唱，"拦路歌"，"开路歌"，男方队伍唱对一样，女方寨上搬开一样。

哇，果真不一样，疯了半边天。

歌王梁说，还有"月也"时，就是寨与寨之间集体访问做客。客寨芦笙队来到主寨寨外，主寨也用侗家生活和劳动中的各种用具和杂物，设下重重路障。主客双方摆开歌阵，比这婚礼中所唱更欢畅。在这个场合中比歌，比知识，比机智，也比选自己的意中人。

一个多么有精、气、神的民族！

再抬头一望寨子，就如同走进了一座民族文化的乐园，眼帘中处处显现的都是一座座文化传承的雕塑。

一幢幢鳞次栉比的高脚楼、矮脚楼、吊脚楼，都是围绕着肃穆庄重的鼓楼为中心依坡而建；各具特色的大大小小的风雨桥，跨水伫立，给路过的人们挡风遮雨以休闲。广场，也称多耶广场。有肩挑丰收果实的妇人，有婀娜多姿手端油茶的小妹，有吹着侗笛的汉子们，他们的热情洋溢会把你给融化。尔后围成一圈，手拉着手，肩搭着肩，随着那欢腾的旋律在扭动着。

这是这个民族文化传承最本真的部分，只有适应性强的传统文化，文化独立性才强，文化辐射度也高，并以一种新的形式存活下来。

在这里，那悠扬的旋律会拨动着你身上的每一根神经，那轻盈的舞步会摇曳着你满腔的热血，使你狂奔，使你振奋。

这里没有尊卑贵贱之分，没有语言隔阂，没有授受不亲，人人都忘我而唱，忘我而舞。它没有主题，没有目的，只有不停地欢唱、不停地跳跃。这是一种看不到的精神气象，是一种看不到的巨大能量，这种能量决定了一个人、一个民族的精神力量。这里面蕴涵着一种"欢乐、友谊、安定、团结"的永恒主题，传达了一种"平等、和谐、大同"的远大理想。

三

掠过古梦边缘的旋律，"侗族大歌"就诞生在这种清泉般闪光的音乐中。它是侗族民歌中最著名的一种歌调，无指挥，无伴奏，是一种多声部的自然和声，起源于春秋战国，至今已有2500多年的历史。

大歌，大在哪？

侗语称"嘎老"，"嘎"就是歌，"老"具有宏大和古老之意。原来侗乡远古的历史早就在这侗语中蕴藏着。

看来侗乡的渊源是歌，历史也是歌。

果然，自古每个侗寨都有歌队，有的侗寨多达十来个。寨子里阿哥、小妹们企盼的就是"侗年节"、"吃新节"等节日的对歌、赛歌。更为有趣的是村与村、寨与寨举行对歌比赛，那一刻，男女青年们的眼睛都是贼亮贼亮的，不断地相互注视着对方，彼此含情脉脉，他们就是通过唱大歌的这种形式，初识、相恋，直至结下良缘。

"饭养身，歌养心"，这是侗家人常说的一句话。他们把"歌"看成是与"饭"同样重要的事，视歌为宝，把歌当作精神食粮，用歌来陶冶心灵和情操。他们认为歌就是知识，就是文化，谁掌握的歌多，谁就是有知识的人。

歌王梁就是一个侗人所公认的最有知识、最受尊重的人。他家祖祖辈辈都爱歌、学歌、唱歌。他说："我们以歌为乐，以歌为荣，用歌来表达自己的情感，用歌来倾诉自己的喜怒哀乐。"

是啊，"汉家有书传书本，侗家无字传歌声，祖辈传唱到父辈，父辈传唱到儿孙"。这首侗家的歌谣很清楚地指明了侗族文化的精髓就在侗歌。侗族是一个没有文字的民族，从古至今，他们叙事、传史、抒情等都是通过口传心授。也正因为如此，侗族文化尽管经受过历史的风风雨雨、人间沧桑，它仍以一枝独秀保存下来，并逐步引起世人的关注。

侗族大歌，是久唱不衰的一首古歌，伴随着侗家人的社会生活的方方面面。无论是演唱内容和表现形式，无不与侗人的习俗、性格、心理以及生活环境息息相关，是对侗族历史的真实记录，是侗族文化的直接表现。

流传最广的《蝉之歌》就是这样唱的——

走进山间闻不到鸟儿鸣，

只有蝉儿在哭娘亲，

蝉儿哭娘在那枫树尖，

枫尖蝉哭叹我青春老。

得不到情郎真叫我伤心，

只听蝉儿声声鸣，

蝉儿声声心悲切，

像是可怜我单身……

四

多耶，一个多么让人兴奋又富于幻象的地方。

来的人都学唱耶歌。"耶"的内容有很多：有耶萨，祖母耶歌，是在春节祭萨时演唱的；有耶父母，即父母耶歌；有耶务本，即侗书耶歌；有耶索坐，即星宿耶歌；有耶花，即爱情耶歌；有耶见崩，即争取平等耶歌；有耶短，即猜谜或问答耶歌；有耶斜散，即散场耶歌，在举行"月也"活动时男女对唱；有耶铺，即祝贺耶歌，在庆贺典礼中演唱。耶，成了侗乡人的一种生活旋律。

诗人陆游在其《老学庵笔记》中就记载了"仡伶"（侗人自称）集体做客唱歌的情况：至一二百人为曹，手相握而歌。明代，邝露在其所著《赤雅》一书中更加明确地记载了"侗人善音乐，弹胡琴，吹六管，长歌闭目，顿首摇足"的情景。

耶，多耶。

来到多耶的人都感悟了另一种多耶，它是人与自然、人与人之间的一种和谐之声。侗乡有了多耶，村寨没有了打架骂人，没有了偷盗，可谓是"夜不闭户，路不拾遗"。

多耶，藏在山林，簇簇鲜艳，串串美丽，个个奇葩，散发出一种迷人的清香，闪烁着一种熠熠的光芒，也成了这里旅游发展的引擎。

生活在多耶是那么的幸福，那么富有想象力，令人羡慕和向往。这是大自然中的一种自然之光，它能战胜一切邪恶，引导人们走向灿烂的明天。

食色柳州
阿 彩

有幸收到南昌市文联的通知，邀请我前往柳州参加采风活动，我内心无比兴奋。最早知道柳州，是读柳宗元的《柳州二月榕叶落尽偶题》：

"城上高楼接大荒，海天愁思正茫茫。

惊风乱飐芙蓉水，密雨斜侵薜荔墙。

岭树重遮千里目，江流曲似九回肠。

共来百越文身地，犹自音书滞一乡。"

初读此诗，印象最深的就是"江流曲似九回肠"，看到这一句，我不断地在脑海里幻想江流曲似九回肠，到底是一种怎样的景色？

然而，再放飞自我的幻想，也比不上大自然的鬼斧神工。亲眼见到柳州的江流曲似九回肠，才知自己的幻想有多么的贫瘠。去了一趟柳州，才隐约明白柳宗元借景所抒的情……

柳州，是一座充满魅力的城市，是一座能激发人创作欲望的城市。

吃在柳州

去到任何一个地方，都不能不提当地的美食。提起柳州，大部分人第一反应就是柳州的螺蛳粉。集"酸、辣、鲜、香、烫"于一体的螺蛳粉着实美味，初初吃到，也忍不住用柳州当地话讲一句"爽神"，然而，今天我要说的却不是柳州的螺蛳粉，而是柳州三江侗族自治县的百家宴。

百家宴，顾名思义就是集百家之长做出来的宴席。相传，最初侗族举办百家宴，是为了表达对救了他们村子的英雄的敬仰。英雄只有一个，但家家户户都感激他，英雄不可能一直留在村子里，从东家吃到西家，于是就有了这席集百家之所长的百家宴席。而后，侗族将这个风俗保存了下来，侗族人每逢寨子里来了贵客或遇上喜事族人聚会时，都会设"百家宴"。

去三江县，沾光有幸做了一回侗族的"贵客"，享受了他们的百家宴。只不过，这"贵客"不是那么好做的，百家宴也不是那么好吃的。侗族人天生能歌善舞，想要成为侗族的贵客，想要吃上他们精心准备的百家宴，首先你也要能歌善舞，对得上他们的歌，能与他们共舞。

入了乡就得随俗，我这个五音不全，肢体不协调的中年油腻少女，为了能做一回"贵客"，能吃上向往已久的百家宴也是拼了。当然，侗族的百家宴也没有让人失望，侗族人的热情好客，也着实让我做了一回"贵客"。

蓝天、白云、清风、歌舞、美食，坐在屋檐下笑容灿烂的老人、手执美酒来回穿梭美貌多情的少女、健硕高壮热情好客的少年、迎风奔跑憨态可掬的幼童……微风徐徐吹过，眼眸似闭还开，那一刻只觉得周边每一处都可以入画，如同在梦境，不愿醒来。

百家宴的菜都是各家各户精心烹制的，每一道都是当地的特色菜，有许多我之前闻所未闻，其味之美让人垂涎三尺，恨不能再多长一个胃。菜色虽美，却比不上百家宴上热情的气氛，没有都市的冷漠与隔阂，满场上百人，谁也不认识谁，却互相抢着菜，给对方介绍什么好吃，什么不好吃……在百家宴上，所有的冷漠与疏离全部消散，只有人与人之间的温度。

吃到最后，人人笑逐颜开，好似一瞬间抛却了所有的烦恼，相视一眼，不论是陌生的还是熟悉的，彼此眼中只有暖暖的善意。那一刻，我似乎明白，侗家的百家宴吃的从来都不是桌上的菜肴，而是那些菜肴带给我们的温度。人与人之间，最初的距离，最初的温度……

美在柳州

到了柳州自然不能光说吃了，柳州的美景早就有记载。柳州水抱城流，江流曲似九回肠，是一座山水之城，空气佳不说，地面尤其的干净。初入柳州，便让人心生好感，而柳州的古八景更是令人心生向往，怎能错过？

南潭鱼跃，天马腾空，笔峰耸翠，鹅山飞瀑，驾鹤晴岚，罗池夜月，东台返照，龙壁回澜。每一处景都有一个动人的故事，景美，故事更美。当年徐霞客不远千里前往柳州，就是为了寻找罗池夜月。罗池在柳侯祠前面，池水清澈，红楼绿树，天光云影，格外幽静，午后带着一本书、一杯茶，坐在罗池附近，是再美不过的享受。

傍晚时分，再溜溜达达去东台，赏一赏东台夕阳，晚霞山影，那就更美了。

到了晚上就不用想了，柳州山水夜景乃中国一绝，是中国山水夜景最美的城市。夜晚的柳州，每一处都可以入画，哪怕是独自一人走在街头，也不会觉得落寞。色彩多变、明亮炙热的灯光，能温暖每一个游人的心，能为每一个游子，照亮回家的路。

思在柳州

柳州美而不娇，华而不艳，媚而不俗。

柳州就像是温婉美丽的姐姐，明媚而淡然，从容而优雅，包容而温柔，静然而立便自成风景，倾其一生书写从容人生……

登临马鞍山

聂丽芹

未到柳州，不知其味；到了柳州，方知其美。丁酉年九月深秋，我有幸参加柳州五日采风之旅，流连翠碧之上，醉于山水之间，饱览柳州山奇、水曲、洞幽、潭清、瀑美，欣赏侗族鼓楼、榕树、歌舞、百家宴、风雨桥，不是江南胜江南，令人乐不思归。然而，最令我难忘的却是神游马鞍山之乐：观柳州壶城之奇，赏柳江玉带之美，怜灯月辉映之境。

马鞍山古称仙弈山，是柳州市中心区的一座山峰，海拔 270 米，石山古老遒劲，因形如马鞍而得名。据当地人介绍，在晨雾中马鞍山犹如天马腾空。

行程虽匆促，机会却难得，为抓住点滴时机一赏骏马腾飞之态、一览柳州山水之美，我遂与两位摄影家朋友约定：凌晨登马鞍山观日出。于是我们早上五点钟，即打车奔赴马鞍山。

街头静悄悄，唯闻车行声。来到马鞍山公园，晨曦未露，楼影幢幢，街灯明灭。抬眼望，天空高远，山形低矮，心中不免顿生轻忽之意。对于惯看江南名山大川、惯登千米险峰的我们，这登马鞍山应是闲庭信步吧。然而，事实证明我们的想法错了。据后来查资料方知，柳州之山，与别处迥异，多是孤峰，一座座傲然耸立，直上直下，如刀削斧劈一般。

从仙弈胜境山门一侧拾级而上，转亭台，过曲廊，穿竹林，移步换景，景随位移，柳州城灯火若隐若现。山风时疾时缓，竹林槠树回音，柳江如沉深的歌者，缥缈之间，随着山势而此起彼伏。路转山头，忽见天梯式的台阶如一把长剑，挑崒似的斜耸在面前。两位摄影家肩背摄影装备，虽曾涉万水、越千山，经验丰富，也不得不停下脚步，稍作停歇，平喘调息。碰巧遇上当地两位大学女生，也爬山看日出，见两位摄影老师器材笨重，于是自告奋勇，帮着背了三脚架、摄影包。而我许久不爬山，此时经过十几分钟的拾阶攀登，已然气喘吁吁，两腿酸软，实在没法帮助他人，只求坚持到底，不拖他人后腿，不延误观日出时机就好。

我们临时成立五人登山组，两位女生为先锋带部分设备登山，我在其后紧随，两位摄影老师压阵。此时天空还是暗沉沉的，离曙光乍现还早。但路径依然分明，石阶清晰，只缘于柳江两岸灯火辉煌，且月色正好。那一轮明月高悬，如温柔细致女子般为我们前行照明。石阶陡峭难行，幸好有栏杆可扶，低头潜行，亦步亦趋，我们前呼后应，互相鼓劲。山路蜿蜒，柳暗花明，终于越过了悬崖峭壁，到达半山腰。

在半山亭环顾，不觉惊喜连连，但见：

四面灯光如画里，一轮明月照秋山；

清风拂面穿林竹，玉带江天九曲还。

灯光星光月光水光相映，山影树影桥影楼影交融。我把"明月灯光两相映"的视频发到朋友圈中，引来不少人惊叹和喝彩！

此时的马鞍山，诚如仙境，在灯火辉映中傲然独立，于明月清照中浅唱低吟。巉岩若龟若兔，似在朦胧月色中奔跑，桂树槠树栲树竹林如千军万马，临江列兵布阵且意态从容。柳江宛若马鞍山的仙袍大氅，随风飘然开去，镶灯光为珠玉，系江水为玉带，蓄玉树为须发，使得马鞍山俊朗飘逸、仙气非凡。山风徐来，俗气全无，疲惫尽消，豪气顿生，于是继续登山。莫怜身前好颜色，无限风光在险峰。半山美景如此撩人，峰顶更当美景无边啊。此时，两位摄影师信心百倍：定可出大片！我心中亦极喜：山顶不远，胜境在望。两位同行学生小妹妹，也同样兴致勃勃，充满期待。

对美景的期待若望梅止渴，经过之前半小时登山的缓冲期、适应期，我们爬山速度略有改进，将气息调匀，一边欣赏美景、一边拾级登山，不将石级当障碍，且作观景好平台。越往上攀登，越是视野阔、境高远、景迷人，心中信念坚定美好，脚下岂有障碍阻挠？于是乎，十来分钟，我们已然跨越百十级陡峭台阶，离观景平台不足 50 米。却见晨练的人们渐渐多起来，不知他们是否另有捷径，怎么就追上我们了呢？有的人光着膀了，从我们身边越过，动作甚是矫健，不一会儿就遥遥领先，让我们目瞪口呆。农历九月深秋冷啊，我们都穿毛线衣加外套登山了，真没想到穿衣反差竟有如此之大。有的人牵着小狗登山，小狗灵活敏捷，一路跟着主人攀级而上，无怨无悔的模样，萌态十足，甚是可爱。在我看来，此情此状亦当得上马鞍山一景了。

突然听见头顶有人喊："我到最高处了！"惊讶抬头看，只见一高中学生模样男孩，正在山顶一栋两层楼的房顶上对着山下喊呢。楼房周围都是悬崖，台阶边的大门是紧闭的，似乎无路可寻，他究竟是怎么上去的呢？我四处找答案，才发现，楼房边缘有一个壁挂式铁梯，应该是检查楼顶锅炉的应急楼梯吧，最下边连着悬崖峭壁，与地面九十度直角上达楼顶，一般人想爬上去，非得有些胆量才行。我们为男学生捏了把汗，直叮咛要小心、莫乱爬！

绕过这栋房子，眼前豁然开朗，果然如男孩所言，此楼为制高点。一侧小山峰上的电视接收塔如一把长剑，直指苍穹，以胜利的姿态耸立眼前。楼前往下拐弯拾级而下，经过几株桂花树，有一个几十平方米的观景台。观景台上放眼眺望，柳州全城景色尽收眼底，大小群峰臣服于足下，锦绣河山，一览无余。

不尝攀登之苦，岂知此处风景无限？但看一座城岛，屹立碧波之间，正是柳江环抱的柳北半岛。岛上高楼林立，鳞次栉比，其间灯火辉煌，气势磅礴，江城浑然一体。倏然一看，柳北半岛幻似美国大片中的魔界仙城迎面而来，又似一艘巨舰临海靠岸傲然耸立。初见此景，蔚为大观，无不惊叹大自然的造化，鬼斧神工，妙不可言！

此时晨曦初露，云幕低垂，雾霭朦胧，看那柳江之上的灯光桥，一座比一座绚丽，一座比一座婉约，教明月添辉，令江水增色，宛如嵌于柳江这条玉带上的珍珠，光明璀璨，雍容华美。桥的姿态各异，造型不一，我粗略数了一下，能见的跨江大桥，不少于七座。此时，气象万千的灯火柳州城，风情万种的逶迤柳江水，如歌如舞，如诗如画，令早行人如痴如醉、忘了归程。

柳宗元用诗句如此赞美柳江："破额山前碧玉流。"（《酬曹侍御过象县见寄》）

江水澄澈，像碧玉一样流淌，寄寓无限深沉的情意。宋代赵师侠写柳江景致："一叶扁舟，数声柔橹，陡觉红尘远。"（《酹江月·自柳州过白莲》）白莲池是柳州古代一处美景，在黄村隘临柳江岸，诗人坐小船在江上漫游，听到桨声欸乃，似超凡脱俗，进了仙界。清代柳州名士范赫直笔描写柳江："柳江西北来，回环若襟带。"（《立鱼峰》）江流像襟带一样束在腰上，十分奇妙生动。清代象州人郑献甫诗中多处描写柳江："连朝碧水涨芙蓉，空外围屏列几重。"（《柳州》之一）"我舟泊其间，开卷尚未读。须眉故自苍，文字一何绿！"（《柳江》）柳江涨水，澄澈清冽，山峰奇石倒映其中，宛如碧水芙蓉，印证了徐霞客对柳州"芙蓉倩水之态"的描述。诗人停舟江中，开卷读书，江水把胡须眉毛都映成青色，书中的文字也染成绿色。柳江之水，春来绿如蓝，实在太美了。

柳州果然是一座山水景观独特的国家历史文化名城，不愧"世界第一天然大盆景"之美誉！其地形"三江四合，抱城如壶"，故称"壶城"，亦叫"龙城"。山峰点缀于城市之间，著名的有马鞍山、鱼峰山、鹅山、箭盘山、文笔峰、雀儿山等。

从诗词中追寻柳州奇山之美，可窥一斑，如柳宗元把柳州的山写得很奇妙："林邑东回山似戟"、"梅岭寒烟藏翡翠"。清代柳州名贤杨廷理写登楼看山："故里名山青落掌，春城佳树碧盈襟。"清代画家张宝泛槎柳州，画《龙城话旧》图，在上面题咏："微雨龙城路，蒙蒙隐翠鬟。"

柳州，这座壮族、汉族等30多个民族相聚而居的城市，民族风情独具神韵，壮族的歌、瑶族的舞、苗族的节和侗族的楼，堪称柳州"民族风情四绝"。

击节赞赏之余，我们一行人静等日出，而观景平台早已是笑声阵阵，音乐飘飘，一首清丽悦耳的古筝曲《春江花月夜》，与此情此景最相宜。晨练的人们，从来不耽误欣赏美景与畅谈欢笑，时而用手机拍摄美景，时而谈论梦想与人生，时而伸展四肢锻炼身体，时而喊山喊水彰显朝气。同行女生，在二位摄影老师的指点下，摆着不同姿势，换着不同背景，拍下一张张心旷神怡的照片，在一声声互相道谢中，他们互扫微信留下了联系方式，以美好的方式向登山缘遇告别。

只缘云霭遮天幕，红日羞见异乡人。云层太厚，我们等到的太阳是浑白的，那"红日喷金，白浪涌银，彤云紫气笼仙岛"的美景终究是要留到下次再见了，遗憾中留下万缕牵念，却难忘登山一路月色。马鞍山独特的美、柳江独特的秀、柳州独特的奇，已然深深印入脑海，经年不散。

下山的路，很是轻快，我们几乎是奔跑着，既为赶时间看晨光中的美景，也为抓紧时间返回酒店。一路风物引人入胜，山水美景纷呈，我们心情舒畅，健步如飞。马鞍山从唐代起，就成为游赏之地，有唐、宋、元、明、清石刻约百处。柳宗元游览此山后，写下著名诗句"岭树重遮千里目，江流曲似九回肠"，形象描绘了马鞍山顶一览柳州山峻水曲之秀美。

下山途中，发现二处石刻"思柳岩"，可见当地人们对柳宗元的尊崇。柳宗元，乃唐宋八大家之一，他治理柳州的事迹传为佳话。元和年间，他按照当地的风俗，制定了行之有效的政令，赢得了柳州民众的爱戴。

路经仙人洞，忍不住停下脚步，闲坐于棋盘石之侧，感受仙人对弈之乐。相传古代八仙中铁拐李和吕洞宾两位仙人，曾在马鞍山中下棋，至今山上尚留有一尺多长的仙人足迹和"棋盘石"、"仙人洞"等景观。半山有洞，洞中有洞，有屏有室，钟乳石组成各种不同的图画，甚为美观。

柳宗元在《柳州山水近治可游者记》以白描手法写道：又西曰仙弈之山。山之西可上。其上有穴，穴有屏，有室，有宇。其宇下有流石成形，如肺肝，如茄房。或积于下，如人，如禽，如器物，甚众。东西九十尺，南北少半。东登入小穴，常有四尺，则廓然甚大。无窍，正黑，烛之，高仅见其宇，皆流石怪状。由屏南室中入小穴，倍常而上，始黑，已而大明，为上室。由上室而上，有穴，北出之，乃临大野，飞鸟皆视其背。其始登者，得石枰于上，黑肌而赤脉，十有八道，可弈，故以云。其山多柽，多槠，多箘簵之竹，多櫜吾，其鸟，多秭归。

读罢柳宗元笔下的仙弈之山，马鞍山就像一匹俊逸矫健的神马，奔跑在我的心田，令我难以忘怀柳州的山山水水，正所谓：

马鞍山上探巉岩，明月虹桥系我衫；

铁塔高峰怜望眼，柳江两岸鼓征帆！

古樟

陈安安

　　温州江心寺前一棵唐代古樟，横卧千尺，浓荫亩许，背上寄生一棵百年榕树，
渐成奇景。

不由你选择
只能孤独在咸涩水边
暴雨抽、台风摧、雷电击
任折断身肢，仍高昂倔强的绿
看海鸟日起日落
听潮头退退涨涨

信念一站，就是千年
直至躯干匍匐，仍不肯腐烂
弯曲成岁月沧桑的成熟
成为无数眼睛中桥的模样

你就是桥。你背上
一棵新生的榕树
挺拔成一种精神

电视剧《绿野芳田》（暂名）故事大纲

/ 张 芸　胡绍祥

　　昌江市委秘书处一科科长周为民正和律师妻子朱虹蜜月旅行，秘书长万兴洲来电话要他立即回去参加第一书记培训，市委书记石定江点名要他带工作队去龙安县鹭仙镇南岭村，驻村开展精准扶贫工作。朱虹对此极为不满，说他要回去就直接办离婚手续。周为民带着苏小鹭和石久功组成的扶贫工作队来到鹭仙镇，新上任的镇委书记郭秀兰用农家饭为他们接风，特意安排在南岭村长大的办事员盘翠鸟回村担任村助理。工作队进村，村支书武三凤在村口摆了一桌酒席。周为民说在镇上吃过了，武三凤让村民将酒席撤去喂猪，这让周为民暗吃一惊。武三凤请工作队去家里吃晚饭，周为民没想到见到中学教语文的刘守基老师，他是武三凤的丈夫，从县一中副校长的位置上刚退休回来。

　　盘同根坐在轮椅上做饭，石久功想帮忙，被盘翠鸟拦住，说哥哥特好强，连她都不能插手，否则会发脾气。盘同根准备的是红薯、棒碴粥和拌野菜，盘翠鸟直抱歉家里没什么吃的，石久功却说难得吃上这么好的绿色食品。喇叭里忽然传来武三凤的声音，一是通知党员明天上午开会；二是夜里有大暴雨，要鹰嘴和北岭的人注意山洪暴发；三是警告村民没事别去打搅工作队。外面下起大暴雨，村部三间屋子有两间漏雨，苏小鹭抱着被子来到周为民住的房间，周为民问她什么感受，她说想哭。一道闪电打来，在窗口出现一个女人的身影，吓得苏小鹭惊叫一声扑进周为民的怀里。第二天一大早，武三凤过来要工作队去她家吃早饭，苏小鹭还没起来。周为民解释是房子漏雨，武三凤笑笑说可以理解。

石久功被一阵鼓声从睡梦中叫醒，盘翠鸟告诉他，是哥哥在打铜鼓。随着鼓声，鹰嘴山苏醒了。石久功见七八个孩子爬藤梯去上学，觉得不安全，盘翠鸟说他们从小就爬上爬下的，她也一样，要是绕道下山得多走1个来小时。有10个党员来开会，差了13个人，只有刘二木和黄青妹算是年轻人，其他都在50岁以上。周为民介绍了精准扶贫的要求，请大家研究在南岭村如何开展。刘二木找来几个村民来修房，黄青妹也过来帮忙。他惦记着刘雪玉和刘聪尧姐弟，拿了几包方便面，让盘翠鸟带他去看看。

刘卫城没在家，姐弟俩正在写作业。看着简陋的屋子，周为民问他们的爸爸去哪里了。刘雪玉说他们也不知道，爸爸十天半个月回来一次，有时留钱有时还不留钱。刘聪尧说爸爸有时还喝醉了，喝醉就会打他们，姐姐为护着他挨了不少打。周为民留下200块钱。盛唐赶来，让苏小鹭找人搬家具。在离村口不远处，因为路窄开不过来了。大家去搬家具，周为民看到两口水塘夹着一条窄路，要将路修宽，必须要将水塘填去一部分。苏小鹭要盛唐装间浴室和厨房，工作队用着方便。周为民建议搞一个标准卫生间，下一步让村民们都以此为标准改造自家卫生间。周为民通过村广播，介绍了精准扶贫工作，提出把南岭建成田野综合体的秀美乡村，这在南岭村炸了窝。原来谁是贫困户都是武三凤说了算，现在要个人申请，干部入户调查，村民小组评议，还要公示，报乡里审核，县里复核。一时间到处议论纷纷，多数人不相信。普查表发下去后，村民们踊跃填报，让武三凤有些出乎意料。黄大伯来找周为民，郑重其事提出杨金花的要求，她的地不能动一分，这不仅是利益上的事，还牵扯到刘、黄两大姓的尊严问题。根据普查表，按照人均年收入3335元的标准，工作队筛查出86户候评贫困户，武三凤凭印象又加了10户，其中有刘二木家。黄青妹是核查小组成员，她把母亲名字拿掉了，理由是弟弟已经有了工资收入，不符合条件。通过入户核查，清理"富人戴穷帽"和关系户等15户，其中8户是武三凤提议增加的。80户名单张榜公布后，黄大伯带着一群人找来说不公平，南岭比北岭多了3户。武三凤的关系户也来找，说取消贫困户待遇这日子就没法儿过了，有的甚至以离婚相要挟。南岭村脱贫方案也张榜公布征求意见，包括拟拆除的危房、拟建的道路、家庭卫生条件和村卫生环境改造、鹰嘴村民小组的整体搬迁、产业扶贫设想等等。多数人认为是天方夜谭。

盛唐将沙盘送来了，摆在村委会供村民参观，修改好的脱贫方案重新公布出来，包括贫困发生率、交通、饮水、住房、用电、通讯、环境、公共服务设施、集体经济收入等9个方面的指标，和兴建3D新村、畲风度假村、创业园、托养中心等若干个秀美乡村建设项目。方案报上去后没多久，周为民突然接到万兴洲的电话，要他回来向石书记汇报工作。周为民只好匆匆赶回，万兴洲也不清楚石书记为什么要急着见他，还把龙安县委书记佟力一起约来了。原来是省委书记赵国雄给石定江打了电话，要去南岭村视察，并和村民代表座谈，并特意点名要见刘卫城，至于为什么要见刘卫城，赵书记并没说明。周为民去见盛唐，告诉他省委书记要去视察的消息，盛唐很高兴，增强了他的信心。周为民去刘卫城家时，刘雪玉面对被马蜂蜇了的弟弟刘聪尧正束手无策。

周为民拉走盘翠鸟，带着姐弟俩去了姥姥家。姥姥对姐弟俩的哭诉并不动心，说你们的爸爸造孽，害死了你们的妈妈和奶奶，他最好也死去，不死难消她心头之恨。周为民没想到寻找刘卫城寻来了这样的结果，直向白子怡道歉。周为民去找刘卫城，让他没想到的是刘卫城焕然一新，正在家门口看养蜂的。刘卫城表示感谢。周为民说按照方案规划，他家的房子是危房得拆掉。刘卫城对扶贫政策很清楚，担心拆掉后靠安居扶贫款盖不起来。白子怡说她手里有钱，是悦晨他爸的交通死亡赔偿款。武三凤不放心，来找周为民商量，不想让黄大伯参加座谈会了，免得他当着大领导的面说工作队的坏话。周为民表示，不管什么话，只要对扶贫工作有利的都可以说。

赵书记带队，石定江、佟力和郭秀兰等人一行来到南岭村调研。祖奶说，红军回来了，赵书记就是当年的红军指挥员，信他的话没错。石定江请赵书记一行去他联系的贫困户刘卫邦家吃饭。赵书记一行走后，黄祖岭留下来考察。黄祖岭在村里老人的指点下，找到祖坟祭拜了一番。他是台湾农业观光业的顶级专家。刘卫邦的农家乐很快开建了。白子怡在房子落成时和刘卫城举行了婚礼，她把母亲找来当面向刘卫城道歉。刘卫邦的农家乐开了好头，贫困户纷纷行动起来。在一家黄姓贫困户建房时，刘姓的一个人没到，黄大伯当即大怒，召集在家的黄姓和杂姓人开会，宣布脱离"伙子里"。郭秀兰听了周为民的情况介绍，说她在莲花镇当镇长时，各村都成立了村务管理理事会，由村民代表组成，专门处理村里的这类事情。他把电话打给盛唐，盛唐当即表态，如果林场不存在了，开发畲族度假村就没意义了，公司将不作为开发项目。大家当即拟定了林场保护合约，26户人家的代表都在上面签字画押，周为民为他们拍照留念。

畲族新村建在南岭和北岭之间的空地上，按照协议，盛唐要配套建设创业园和托养中心。但在新村开工建设后，盛唐迟迟没有动工。周为民让苏小鹭催一下盛唐，苏小鹭却说她和盛唐已经分手了。原来盛唐要和她结婚，她要等到新村建成之后再说，盛唐不接受，说出了让她伤心的话。他搞南岭项目就是为了她，按照台湾专家黄祖岭的评估根本就赚不了钱。苏小鹭认定盛唐就是爱钱，他爱钱就让他付出代价，建议根据协议要盛唐作出经济赔偿。朱虹也主张对簿公堂，她来代理这场官司，言明赢了才收代理费。朱虹要准备律师函，周为民让苏小鹭回去登记结婚，等新村落成之后再举办婚礼。可登记结婚只让盛母喜笑颜开，并没有让盛唐改变主意，他提出建托养中心，作为赔偿交换条件。苏小鹭跟他翻脸，马上就要去办理离婚手续，盛唐说他不想拿终身大事开玩笑，苏小鹭冲动地吼道，不离婚才是拿自己开玩笑，让他等着律师函吧。周为民听了苏小鹭的控诉，决定亲自去见盛唐和黄祖岭，苏小鹭让他带着律师函，如果谈不拢，就把律师函给他。恰巧这时周为民接到万兴洲的电话，问他工程进展情况，石书记近期要听一次汇报。有黄祖岭的评估报告，多数人投了否决票。周为民要求看一下评估报告，然后和黄祖岭交换意见。周为民如实向万兴洲作了汇报，万兴洲一听就火了，石定江并没有像万兴洲所担心的那样生气，他认为在精准扶贫中出现反复很正常，有问题不回避，要想对策。热心的徐桂荣见刘大茶病得不轻，主动提出送精神病医院检查和治疗。刘二木说家里没钱，徐桂荣表示所需费用由她来承担，也算是对刘二木的支持。周为民接到市公安局的电话，说方瑷查到了，在市里的响铃湾宾馆做保洁员，并在手机里传来照片和电话。刘卫城起步快，摊子铺得大，除了养蜂，和能干的白子怡还养了 5 头牛、100 多只乌鸡。谁知一场大雨过后，他蜂场里的 30 个蜂群跑了一半。朱虹从刘聪尧这里听说了刘卫城的损失，主动找上门来要免费代理保险理赔。石久功接到母亲住院的消息。在病房，母亲给他约了要见面的女朋友，说是在美国的同学女儿。

盛唐公司董事会经过慎重研究，批准了南岭村项目。盛唐把公司的日常业务交给副总，带着黄祖岭长住鹭仙镇，直接负责项目的实施。刘二木真诚感谢周为民和朱虹，周为民提出让他接任村支书的建议。原来武三凤出事了，她收了 8000 元辛苦费，县检察院的人将她从村里带走时，她并没有意识到问题的严重性。刘二木并不想接支书，只想尽快脱贫。徐桂荣找周为民商量拿地的事，周为民要她再等等，等到村支书选出来后，由村支书来张罗。当她得知想选刘二木，而刘二木还在犹豫时，便找上门去。党员们开会，选举新的支委和书记。周为民担心武三凤会搅局，请郭秀兰到会坐镇。武三凤向新当选的支部书记刘二木和组织委员黄青妹、宣传委员盘翠鸟表示祝贺，然后主动做了检讨，还特意向苏小鹭道歉。刘卫城搬了新家，漂亮的三层小楼已没有了贫穷的影子。郭秀兰不敢相信变化这么大。

刘二木想请万大富出山，周为民认为可行，有他俩做南岭村的当家人，就能保证秀美乡村建设成为幸福的现实生活。然而万大富却突然病倒了，而万有道也出了大事，让村委会的改选工作不得不停了下来。原来公司进的两万斤鲜桃被查出用工业柠檬酸浸泡，化学残留物严重超标，被禁止销售。这批货是黄泡桐经办的。万兴洲回电话，让周为民把万大富送到市人民医院。万大富不肯去，不忍心再用自己的无救之躯拖累黄青妹。佟力打电话给周为民，催问千亩荷塘的进展情况，周为民不好直说，只说在稳步推进。徐桂荣为多租地，把土地流转金提高到每亩每年 550 斤稻谷的水平，村土地流转理事会为她筹集了 800 多亩，加上她已经流转在手的，超过了 1000 亩。朱虹也准备好了合同，就等签字生效，却突然搁浅了。刘二木突然接到县精神病院的电话，说大茶不见了。刘二木赶紧和徐桂荣去了医院。有人告诉在工地的盘同根，说他家闹鬼了，夜里见他家冒烟亮灯。苏小鹭一听来了兴趣，表示她要去。三个人在傍晚时上了鹰嘴山，但一夜无事。一早苏小鹭去林场画画，看到一个人影在树林里闪动，她以为眼花了，打电话让盘翠鸟和石久功过来。三个人佯装下山，看到家里冒起炊烟，连忙冲了进去，却见刘大茶在做饭。盘同根跟妹妹讲，他想娶刘大茶，惊得盘翠鸟差点掉了下巴。黄泡桐忽然带着两个南方人回来，请朱虹起草合同，他想把祖坟里的大樟树卖掉。精明的南方人一定要负责村里法律事务的律师起草合同，以免引起纠纷。黄泡桐说了实情，原来他欠下巨额赌债，不还债就没命。

周为民报告给佟力，设局聚赌的团伙被端掉，黄泡桐被拘留 15 天。黄泡桐出事，刘金花差点被气死，让刘守基觉得有必要制定村规民约家训。他向周为民提出建议，周为民和刘二木商量后，就由刘守基牵头来做。这时又传来了好消息，万大富经过专家会诊，已排除膀胱癌，病愈出院了。畲族新村建成后，苏小鹭找来自己的同学和老师，在墙壁上画 3D 画儿，让村民们大为惊奇。中心小学开学，盘翠鸟带着孩子们在新落成的红军烈士陵园举行教育活动，在鼓号队担任旗手的刘聪尧和鼓手刘盼来格外认真。刘大茶背着祖奶沿着新修的路上了鹰嘴山，祖奶给孩子们唱起了歌颂红军的歌。千亩荷花盛开，首届南岭荷花节盛大开幕。赵书记一行亲临现场，为刘卫城、刘卫邦等五星级脱贫致富户颁奖，石定江宣读了表彰工作队和朱虹、盛唐的决定，以及对盛唐的江山大业公司给予重奖的决定，佟力宣布南岭村整体脱贫，郭秀兰为 10 对新婚夫妇证婚，其中有刘二木和徐桂荣、苏小鹭和盛唐、石久功和盘翠鸟。来宾中有几个老外格外引人注目。原来盛唐写了一篇关于中国乡村建设的论文在哥伦比亚大学学报上发表，他的导师沃克先生特意组织了一支考察队。美丽的南岭村游人如织，畲风度假村人满为患，昔日的贫困户个个喜笑颜开，创业园里年轻人在勤奋工作，孩子们在明亮的教室里上课，托养中心的老人们在安享晚年。周为民驾着车独自上路了，遥远的路有新的梦想在牵动着他那颗滚烫的心。

夜游雁荡山 /宋小词

　　温州，在我印象中应是黄金遍地，旮旯里都藏着钞票的城市。因为传说中此地人擅长做生意，个个都是祖传的经商脑袋，而且最能吃苦耐劳。此地又是中国民营经济发展的先发地区与改革开放的前沿阵地，改革开放初期，以"南有吴川，北有温州"享誉全国。温州人也素有"东方犹太人"之称。所以此次温州之行，我甚是向往，想一睹富得流油的城市是什么样的，许是家家住别墅，人人开豪车，街道流光溢彩，建筑霓虹闪烁。待双脚落在了温州的土地上后，感觉温州也不过是寻常的城市模样。那么响当当的温州炒房团，把全国各地的房价炒得风生水起，可自己的地界上依然也有大片旧城区，许多破旧的楼房。空气中弥漫的不过是普通人过家常日子的气味，与温柔富贵之乡的感觉相差甚远。

　　原以为印象中的温州只有钱、钱、钱，不想温州的风景更令人印象深刻。此次采风行程安排得十分精致，时间也很从容，真的是乘兴而来兴尽而归，没有留下半点遗憾，妙哉。但令人最难忘的当属采风第二天的夜游雁荡山。

　　雁荡山位于温州乐清市境内，分为灵峰、灵岩、大龙湫、雁湖和显胜门等风景区，各有不同的特色。以山水奇秀闻名，素有"寰中绝胜"、"东南第一山"之誉，因主峰雁湖岗上有结满芦苇的湖荡，年年南飞的秋雁栖宿于此，因而得名"雁荡山"。

　　那时正值雁荡山的枯水季，所有河流溪涧都没有水，仿佛山也失去了灵魂，再雄壮也是一副干瘪没有生机的样子。大名鼎鼎的大龙湫瀑布，被游客嘲笑，说小孩撒尿也比这流量大。看行程安排上面有夜游雁荡山，心想白天的雁荡山都只有这点看头，夜里的又能精彩到哪里去呢？不过游山玩水多年，却也从来没有在夜里游览过景色，作为人生中的第一次体验，心中还是充满期待的。

当天夜里八时许，天已大黑，我们一行在雁荡山夜游景区外集合。同事中一名画家朋友，因为灯光昏暗，视线不好，竟把草书"雁荡山"读成了"鹰（淫）荡山"，惹得一行游人哈哈大笑。此时从外面看，远处微弱的灯光将苍穹下大山的轮廓勾勒了出来，在夜色中显得雄伟而神秘。彼时正值仲秋之际，气候适宜，虽夜风有些冷，倒还没有形成寒气，所以身心俱泰，更添游玩兴致。

导游领着我们一行，观看大山在夜幕中幻化出来的影像，或人或兽，或飞禽或走兽。有时一座山只因视角不一样，所呈现的景象也不同。这边看是骑马射箭的男子，那边瞧却分明是情窦初开的女子；远处看是张开翅膀的大雕，近处看却是收紧双翅的小鸟。当真是"横看成岭侧成峰，远近高低各不同"，自然造化的鬼斧神工，令人叹为观止。同行中一位友人却是着急，一路笑着抱怨，说，哪里有什么男人女人，哪里有什么大雕鸽子，我怎么一个都看不出来。看出的人便热心地一一指点，看不出的也同样心焦，觉得眼前似有魔障，都是一双眼睛，别人为何能看出花样来，自己为何看山是山，看树就是树。其实我也有几处看得与导游不同，每个人的眼睛不一样，视角不一样，心里想法不一样，大自然在眼中的呈现便也有所不同吧。所以，一路上，我倒不求与别人一样，我觉得每一座山都充满着灵气，无论怎么看都是景致。你当作是兔子看元宝，我当作那是熟睡的婴孩；你当作那是偷窥的放牛娃，我当作那是调皮的小女孩。因为看法不一，幻象不同，一座山也便因此丰富繁杂起来，这是多么有趣的一件事情。

　　夜游完后，我等似乎余兴未了，看着那边变化多姿的山恋恋不舍，好像各自心中都有一悟。青天白日下，一切都是真实的，真实的东西便妨碍了我们的想象，山便是山，水便是水，树就是树，草便是草。因为眼见是真，真得纤毫毕现，真得无处虚构，真得让人喘不过气来。而唯有夜色下的东西，一切因为朦胧而变得美好，没有那么真实的真实，眼睛狠毒之锐气也收敛了，心里的图画便一一呈现。这就像艺术观点一样，真实的有真实的力量，虚幻的也有虚幻的精妙。

组诗 / 文非

丽水古镇：在寂静处，我俯身亲吻

在抵达梦境之前
古镇，睡着了
在男人湿透的汗衫下
女人浆洗的暮色里

刚出生的花瓣
含着羞怯的热泪
滴在铺就石板的小径

在鱼水之上
摇晃的乌篷船敲着铜锣
打更声，延续了千年

我站在尘土里
俯身，亲吻这盛世的宁静

丽水古街

泰顺廊桥：路过

把清风挡在尘土之外
遥远的疲惫，
在你体内休憩

一两茶叶，三把清泉
几点月光点缀
文人把笔墨研成丝线
绣出故土的模子

绣银白透色的李花
青禾遍野的田土
还有枯树蜷缩的深秋

清脆的马蹄声
在山谷坠成碎银
无数的赶路人
在夜里梦入乡心

丽水古街

大龙湫：轰鸣或者寂静

山谷深处溅起水花
化为蒸腾的泡沫
有时候，美不具有形状

白色的云朵，和雨雪
流经你的血液
无数细窄的石缝

雷电或者光照
轰鸣或者寂静
你无法像一棵树那样
在一块土地中站定一生
你最自由，也最守法

人们架桥，是为了横跨高峰
你升起彩虹
是为了连接草木和苍穹
你搭乘花朵，也携带泪滴
你储藏淤泥，也养育鱼虾

你一寸一寸的银光
掩盖森森的洞口
多年前昆虫的残骨
和肃穆的暗流的河沙

丽水古街

今人不见古时月——"澄怀味象"湖北采风记 /姜钦峰

楚城

　　2017年9月下旬，我有幸参加南昌市文联举办的"澄怀味象"文艺采风活动。同行的15人中，有作家、画家和摄影家。接到通知时，我刚好写完了一部长篇小说，脑子妥妥地空着。啥也不说了，打点行装，即刻启程。

东湖

　　采风的首站是武汉。把这回算上，是第四次到武汉。说来凑巧，前三次去武汉都与文学有关：第一次是受《特别关注》杂志社邀请去文学采风，第二次是参加《经典》杂志社文学采风，第三次是跟随南昌市作协参加第二届"三江笔会"。武汉，一不小心成了我的文学园地，这是始料未及的。两年前，我在博物馆工作时，"八二八"1号楼要修缮布展，准备去东湖宾馆参观学习，行程都安排好了，却因种种原因未能成行。似乎冥冥中早已注定，我去武汉只能有一个理由——文学。

　　从武汉火车站出来，饱餐过后，导游小姑娘带我们直奔磨山景区。磨山紧邻东湖，我们五六个人一合计，拿出手机，每人扫了一辆摩拜单车，果断脱离大部队，奔东湖去了。天空阴沉，饱含雨水的积雨云，像一口大锅扣在湖面上，仿佛随手抓一把空气在手中，就能捏出水来。时近中秋，南昌依旧是烈日炎炎，仿若盛夏。南昌人盼望秋天，就像等待一个重要的大人物出场，踮着脚尖翘首期盼，那人却迟迟不肯现身。相比之下，武汉的秋天更加平易近人，相当靠谱，不耍大牌。

　　周五的下午，避开了节假日，游人不是太多。青石板路蜿蜒伸入湖中央，两旁笔直高耸的水杉把东湖的秋天装扮得绿意盎然，武汉人给这条小径起了个诗意的名字——"东湖绿道"。我们踩着单车，徜徉在东湖绿道，享受这难得的宁静与秋凉。紫色的牵牛花幽然绽放，凉爽的风掠过辽阔的湖面，送来阵阵荷叶的清香。再穿过两座拱桥，进入湖心，天空飘起了轻柔的雨丝。湖水浩荡，烟雨蒙蒙，杨柳依依，身后偶尔传来清脆的自行车铃声，把人的思绪带回到现实，又勾起遥远的记忆。仿佛闯入了一幅泼墨山水画中，在这微风细雨中，没有人傻到要去躲雨。

　　"沾衣欲湿杏花雨，吹面不寒杨柳风"。这个秋天，在东湖之畔，我感受到了春的气息。没错，就像你在肯德基点了一个鸡腿汉堡，猛地吃出了肉夹馍的气象。

黄鹤楼

　　"昔人已乘黄鹤去，此地空余黄鹤楼。黄鹤一去不复返，白云千载空悠悠。晴川历历汉阳树，芳草萋萋鹦鹉洲。日暮乡关何处是？烟波江上使人愁。"严羽《沧浪诗话》评："唐人七言律诗，当以崔颢《黄鹤楼》为第一。"据说利比亚撤侨时，有些同胞匆忙逃离战火时把护照丢了，工作人员脑洞大开，让他们唱国歌，会唱的就上船——不会唱的自然不是中国人。这个法子好！我觉得，崔老这首《黄鹤楼》也具备验证国籍之功效，倘使连这首诗都不会背，你好意思说你是中国人？

　　真到了黄鹤楼脚下，内心还是有些许忐忑。傍晚登临黄鹤楼，天空下着小雨，

黄鹤楼

凭栏远眺，正对面就是长江大桥引桥，桥面上密密麻麻的车队来回流动，像两条火龙纠缠在一起打架，煞是热闹；隔着一大片高高低低、杂乱无章的楼房，隐约能看见长江，你会怀疑那根本就是一条小溪；江对岸高楼林立，像棍子一样插在地上，不由得让人想起飞涨的房价。假使崔颢穿越到现在，故地重游，必然傻眼，那些年我们一起饮酒作诗的黄鹤楼哪儿去了？

我在百度上帮崔颢找到了答案。1957 年修建长江大桥武昌引桥时，占用了黄鹤楼旧址。1981 年黄鹤楼选址重建时只好后退，建在距旧址约一公里的蛇山峰岭上。事实证明，我之前的担心很有必要，确实没多大看头——好在我们还有诗。

巧得很，在来武汉的高铁上，我在手机上无意中发现"六神磊磊读唐诗"音频版。万没想到，居然有人可以把唐诗讲得如此妙趣横生，一下就陷进去了。坐在高铁上，一路听着唐诗，就到了黄鹤楼，历史与现实无缝对接，就是这么神奇。

话说李白登黄鹤楼，有人请他题诗，李白说："眼前有景道不得，崔颢题诗在上头。"然而，"诗仙"的名号毕竟不是花钱买来的，实力摆在那，李白送别好友孟浩然，写下了《黄鹤楼送孟浩然之广陵》："故人西辞黄鹤楼，烟花三月下扬州。孤帆远影碧空尽，唯见长江天际流。"今人总结唐诗四大套路："田园有宅男，边塞多愤青，咏古伤不起，送别满基情。"同是在黄鹤楼，崔颢咏古，李白送别，都成绝唱。

黄鹤楼始建于三国时代吴黄武二年（公元 223 年），如果不是这么多诗人为它加持，也许早已湮灭在历史的长河中。这么想来，眼前的黄鹤楼长成什么模样，其实一点都不重要。心中的黄鹤楼，一直都在！

襄阳

第二天一早，大巴从武汉出发，载着我们向襄阳进发。在此之前，襄阳于我而言，只是金庸武侠世界里的存在。一看到"襄阳"，我就会条件反射般地想起郭襄，想到郭靖、黄蓉夫妇在襄阳大战中殉国，心里就纠结。干嘛那么傻，凭他们俩的绝世武功，完全可以全身而退啊。隆中，理所当然是属于三国的，是诸葛亮给刘备洗脑的地方，怎么可以与高铁、手机同时出现？

下午一点，进入襄阳地界。大巴车跑起来会全身发抖，像得了帕金森综合征，人坐在车上也跟着狂抖。车上有人一本正经地说，这么抖着有助于加速胃内消化，不知道真假，反正大家都饿坏了。在襄阳饱餐过后，大巴又吭哧吭哧向古隆中驶去，我在路上看到一家"新野网吧"，不禁有些凌乱，张飞会不会坐在里面打王者荣耀？

从襄阳市西行十几公里就到了古隆中。1800 多年前，青年才俊诸葛亮在此结庐隐居。公元 207 年冬至 208 年春，当时驻军新野的刘备在徐庶建议下，三顾茅庐，拜访诸葛亮。著名的《隆中对》即发生于此，诸葛亮提出了三分天下的战略构想，

襄阳古城墙

刘备茅塞顿开，大喜过望，"于是与亮情好日密"。关羽和张飞吃醋，觉得大哥喜新厌旧，说好了要永结同心、百年好合的，你咋变了心呢？刘备也不含糊，啥也别说了，"孤之有孔明，犹鱼之有水也"。真是挡不住的基情。

秋雨绵绵，我撑着雨伞，走在诸葛亮、刘关张当年踩过的山路上，沉浸在三国的世界里。众人在"古隆中"牌楼前拍了张合影，采风团里两位骨灰级摄影家自觉承担起了拍照重任，他们带着长枪短炮本是来拍风景的，无奈天公不作美，只好含恨拍人，让我们捡了个大便宜。我把照片顺手发到了微信朋友圈，表示到此一游。晚饭过后，就看到一条留言："姜老师，你到了襄阳吗？那是我的老家。"我不禁愕然，世界真小！

微信留言的这位陈女士，正在北京紧锣密鼓地筹划我的新书《看不见的嫌疑人》，下午刚给我发来新修改的封面设计稿。那时，我正站在诸葛亮家的茅草屋前发呆，无论如何也不会把这个远在京城的女子，与脚下踩着的土地联系起来。

不对！襄阳不是郭襄女侠的老家吗，怎么变成她的老家了？

金顶

冒雨上了武当山，当晚入住太极会馆。次日清晨，坐山上的环保车去金顶。走到车站候车，只见大雾弥漫，能见度不足 50 米。我不禁想起恐怖电影《迷雾》里的场景，浓雾中会不会藏着吃人的怪物？

金顶

　　司机开得很欢，电动大巴开出了过山车的水准，像打太极一样左右飘忽不定，过弯不减速，尤其擅长急刹。我怀疑司机很享受游客的惊呼声，也可能是每天在山上开车过于无聊，想给自己找点乐子。我们这伙人却惨了，采风团15个人有四五个晕车，我也开始头晕恶心。好多年没晕过车了，居然在武当山找回了少年时的回忆。

　　好不容易熬到天柱峰脚下，买票，上缆车。继续爬山，越往上气温越低，风越大，把水汽吹得横向移动，像漫天飞舞的沙尘。山路陡峭险峻，必须抓住铁链才有安全感。终于到达金顶，抚摸600年前的鎏金大殿，你会觉得上山时所有的付出都是值得的。明永乐十四年（1416年），明成祖命人在海拔1612米的天柱峰绝顶之上建造了这座金殿。朱棣为何要耗时费力建造金殿？也许是以此向世人宣示权力，也许是祈求上天保佑大明江山万年永固——大明终究还是亡了。

　　下山时轻松了许多，居然闻到桂花的香气。雨势渐弱，走在蜿蜒的青石板路上，崖壁上布满苔藓，忽然想起李白的诗句："今人不见古时月，今月曾经照古人。"我今天踩过的台阶，600年后，谁会路过？

贾爷

贾爷是一名道士，武当山的传奇人物。

在武当山，不论乾道、坤道，有德行的人，都被尊称为"爷"。贾爷原名贾永祥，隐居于武当山太子洞，被央视、凤凰卫视等媒体报道后广为人知。太子洞是个天然山洞，洞内供奉真武大帝青年时代的塑像。游人去太子洞，多半不是去看风景，而是为了一睹贾爷的风采。贾爷成了武当山的一道风景。

采风的最后一站，太子洞。导游小姑娘在车上介绍贾爷时，反复告诫我们，拜访贾爷时不要问他的年龄，他会不高兴的。多少带有几分神秘感，我暗想，这位贾爷必是一个仙风道骨、性情高冷的世外高人。

终于见到传说中的贾爷。他身着道袍，胡须花白，脸上沟壑纵横，看上去八十开外，行动略显迟缓，身板还算硬朗。与我之前想象的不一样，贾爷并不高冷，几十个游人围着他参观，他没有半点厌恶，还热情地与众人打招呼："有什么问题你们只管问，咱们随便聊。"没人提问，他就自己站起来说开了。贾爷健谈，说话时中气很足，谈人生、理想、孝道、爱国……话题很广，说到兴奋时，他会挥动双手，眼眸中闪动着光芒。如果脱下道袍，贾爷与公园里晨练的慈祥老人并无二样。

贾爷的口音很重，我大约只能听懂一半。旁边摆着印有他的言论的小册子，我拿起一本，随手翻了几页，然后放回原处。

贾爷最值得大书一笔的事迹是，30年没下过山！我想起《海上钢琴师》里的

太子坡

1900（主人公的名字），他在船上出生，一辈子没下过船。当船要炸沉时，1900也不肯踏上陆地，最后与船同沉。我又想起《月亮和六便士》里那个医生，他是众人眼里光芒四射的医学天才，却宁愿放弃大好前途到一个边陲小镇行医，终老一生。在世俗的眼里，人们无法理解，他们为什么要选择那种生活。没有为什么，只是喜欢。

恕我不敬，贾爷也许只是一个平凡、善良的老道人，因缘际会被媒体关注，他没有神功附体，也未看出有多么高深的学问。但我依然对这位老人满怀敬意，他做到那许多人做不到的事——按自己的方式度过一生！

南朝画论家宗炳在《画山水序》中写道："圣人含道映物，贤者澄怀味象。"宗老爷子主张以澄澈纯净的情怀去感悟审美对象，诚然，每个人看见的都是自己内心的风景。

龙头香

道日光辉的山 /杨帆

日照金山

　　江西与湖北，共拥一个长江。从江西的江追到湖北的江，经历了一场秋雨，一条笔直的铁轨，落满火红枯叶。在那道狭长的驳岸口，夕光布满水面，缓缓驶过的轮船的呓语被江面吞噬了，光线在细密挣扎，宽大水域发出一种不真实、金属质感的色泽。江水近似静止，奔流的是斗转星移的时空。在这种境遇下的我，心下有一种迷茫，自问为何到这里来看江。谁知道呢。水照见天，照见地，照见鸟和云朵，船舶和鱼群，照见不一样的人，不一样的江湖。

　　这种水域带来的苍茫感，一年比一年阔大。必得要在一座山下，找回某种镇定。于是便有木兰山。这山名是能镇住人的。木兰是谁，花一般的女子，鞍马戎装上战场。替父从军，既挑战了王命军制，又合乎忠孝祖训。自古女子成为将军、帝王的只有那么几个，能打胜仗，能融入并治理男子队伍，无疑比六月飞雪、哭倒长城更为传奇、励志。此山又是千年香火圣地，宗教活动始于隋唐，盛于明清。佛道共处一山，建有七宫八观三十六殿。所行处处可见遗存古迹，墙石雕有兰、菊、美人蕉等，呈现拙朴、清雅风貌。其时有雨，细若粉尘，感觉不到被袭的分量，随人群挪步上行，头发、肩头已是濡湿。石阶既陡又窄，上下行人不绝，多有老妪老翁，默默埋首攀爬。忽见上方一座屋宇，弧形门洞上面，紫红漆底上书四个金色大字，"道日光辉"。这四字太过光辉，以至看了一时语塞，在小商贩搭起的各种帐篷旗帜遮掩下，仰看良久。身后李鲁平主席问我，这几个字如何？我说好。好也说不出所以然来，李主席便笑，来来来，边走边说。我们往上走，看到道日光辉上面竖写三字：帝王宫。字体略小，也是金字，两侧石块衬有祥云游龙雕刻。整个门头自有一种威仪，我在别处道观不曾见过的气派，即便从书里读来也是一种萧索印象，萧索乃至浪漫的。然而这气派是衬那四字的，道日光辉。谁说出世就是凄风冷雨，就是苦涩的、凋敝的？任何一种宗教在发光发热的要紧处，都要散出几许光芒。道教的逍遥自在无为，外头是散淡的，内在是笃定的，那种光辉不正是前日傍晚长江的静谧，秋水的浩浩荡荡么？

　　我们谈起李主席新写的诗，一首叫朝三而暮四，又有标题叫北冥有鱼，鳅与鱼游，泽雉，肝胆楚越，无与钟鼓之声，很有意思。诗里说，我一直把四放在三之前，把大树举在头顶、小草踩在脚下，把声名放在姓名前头，把人放在佛的前头。我觉得这些句子好，他说从前写诗，现在绕了一圈，再写就要在语言上有所超越。我尊敬他是因为他的评论，并不知道他写诗，所以这山中的遭遇是额外地获得了。他谈到为我今年出版的长篇匆忙写就的评论，谈到书中人物春上，论及知识分子在这个时代的担负等等。我们拾级而上，身边人流如织，静默不绝。巨大的雾气中，人们身周散出一种语焉不详的喜乐。李主席同身边一个婆婆攀谈起来。

　　您经常来吗？

　　来。

　　每月都来吗？

　　每月来。

　　为什么来。

　　秋好。

　　诗人转头对我说，你看，秋好，多么好的词。我似乎有所领会，诗人激动地说我就要写这样的诗。四周雾气更大，更浓，对面的诗人穿着正红色雨衣，像个被阿拉丁神灯呼唤出来的巨人，半边身子并不现形，随时腾云驾雾而去。雨停了，汗水从头发里流下来。我扯去雨衣，在一块陡峭的山石边歇了。李主席鼓励我登顶，说上面就是金顶。这山不高，不过是我的脊椎被写作搞坏了，也可能是被瑜伽，有一阵子我练得过了点。走火入魔，以至膝盖也不好。金顶被笼罩在弥天大雾中，那是木兰山最高处。据说登顶的人会有好运，求什么得什么。观内在做法事，站满了围观的人。我没有进去，隔着一扇厚木门，耳听道士特有的带金戈之声的嗓音不紧不慢地叨念着什么。终是听不清，那些唱词也裹上了雾，振翅穿越云层，像是要道破些什么，又似抵抗些什么。更为磅礴的雾气从殿中生产出来，铁灰色的云气盘旋萦绕，巨大的黑色石柱上盘龙在游动，殿宇在上升，半空中传来庄严的梵音，几不可闻，低沉细密恍如无数蝴蝶翅翼的扇动，直到云破日出，山头被清泉般的光辉所照亮。一滴雨水落在后颈，我恍然而立，浮上《朝三而暮四》的句子：直到今天／我才看清那个事实／陶潜的墙上／挂着一把无弦的琴／它光而不耀／弹奏一世界的美好。

古隆中 / 朱仁凤

隆中

得孔明者，得天下

三顾茅庐，卧龙出山

成就了刘皇叔的复兴伟梦

也成就一位青年的雄才大略

隆中对策，谋天下计

从此大江南北，三足鼎立

从此兴汉大业，耗尽一位智圣的心血

诸葛孔明，鞠躬尽瘁，难斗天意

草船借箭，巧借东风，火烧赤壁，空城计

良相虎将出生入死，戎马半生

化作一声仰天长叹

先三分天下，而后一统天下

终成一场空谈

一代忠臣呕心沥血，扶不起汉室江山

帝国大业，梦落旧城

徒留一场千古遗恨

到今朝，蜀汉，三国，万里江山

只不过是一张小小的图纸

黄鹤楼

/ 朱仁凤

曹魏、蜀汉、东吴，三国版图

都是帝王们的江山

你却立于众水之上

以瞭望姿势，守戍边关

让三国的月亮，成为同一种乡愁

新月如钩，山河旧梦

距今一千七百九十年的路程

有多少人转山转水

迢迢来此，望乡兴叹

崔颢来过，李白来过，我们来过

来过的，未来路上

那些正沿路奔赴而来的，都将成为

历史的过客，荆楚大地

龟蛇锁江，不老江水滚滚东流

无力喊回一个时代

唯长江上空，仅存一枚古老的月亮

在黄鹤楼上，月缺月圆

组诗 / 张 萌

三清殿

澄

只有丹桂是微微澄着的，它像是

阳光的远亲，沾染着一丝丝黄

它就那么香在树枝，香在

我的微笑里

江城的湖边，它们都在迎接我

虽然风有些冷

虽然我们从未见过面

但我的气息还是被桂花发现，它芬芳里的

悠闲，芬芳中的音乐

全都围绕着我

这是一个别样的秋天

我的格子上衣，我白色的围巾

还有我的同伴，五位才女

在高铁

在湖边

在黄鹤楼

寿福康宁

在光线低飞的时候，我们也学着低飞

哪怕只是一瞬间

只要在路上，花就会开

只要有爱

诗歌就会很暖

怀

秋天心怀秋风，风里的水

流过古隆中，流过武侯祠，流过六角井

瞧，石坊上刻着"三代下一人"

这诸葛孔明的象征

这中华民族智慧的象征

这心怀三国的情怀

"亮躬耕陇亩，好为《梁父吟》。

身长八尺，每自比于管仲、乐毅"

多么熟悉的《隆中对》，对着这一胜地

我不禁在心里默念，圣人你好

请赐给我智慧

请赐予我诗里的神水

寿福康宁

我远道而来

心怀大山里的清新，对生命

对我的长发感恩不尽

因为发丝的长，以及它的黑

说明我依旧眷恋着青春的滋味

尽管中年

尽管涟漪已经在皮肤上徘徊

可是，在这隆中最美的日子

一位智者

曾经种过的稻田正闪耀着光芒，看着黄色的

稻子，看着静静的流水

仿佛三国在燃烧

仿佛一只草船正在江上闪耀

味

户部巷的夜，香味很浓

穿越时空的小吃，小土豆排在第一

一根小竹签挑起了你，我把你

放在口中，轻轻地咬碎

从此我替你活在人间的春秋，你是一个个

很乖的土豆

看，我身边的才女

她叫吴欢，白净的脸上正露出

笑容，我们是丁酉年豫章城里出来的

我们正庆祝一只只小土豆在我们体内的新生

庆祝今夜的秋风，庆祝汉江边的

灯光，

庆祝一枚词

这枚叫美味的词，它滑到嘴边就

变成了一条武昌鱼

象

大抵武当的雾就是雨了，它们神似

像是一对情侣，

在太子坡，那么多的落叶

躺在石阶上，我多想把它们看成一个

"象"字，看成隐居的大树

红衣女子正拍着这武当一景，我也被雨中的

落叶震撼。它们从空中飘下

当时一定泪洒山坡

它们静静地等待，等我们的到来

因为杨帆和我是它们的知音

因为它们让文字，让诗歌

不再孤单

温暖 / 张 萌

一

十月的最后一天，阳光透过纱窗暖暖地照在我身上。屋内有音乐，是多年前极喜欢的《八七狂热》系列，此刻乐声那么富有节奏，我仿佛看见了一段旧时光，仿佛满脸胶原蛋白的日子在清晨飞扬；哦，是的。就在十月中旬，这温暖还是那么奢侈，秋风飒飒的，天空低垂，冷得陡然像冬天；尤其让我担心的是桂树，在风里一束束绽开的花朵，总是这么生不逢时，这桂花在起风落雨的时候降在人间，还没开稳，就被风虐了去，反正我的小区里它们的命运是这样的；现在我想起武汉的湖边，采风第一站，门口有三个颜色的太阳花，我忽然间笑容满满，这是在欢迎我们一行吗？毫无疑问是，家里有一种红色的太阳花，如果再加上这几种颜色呢，于是暗自窃喜，折下三小枝珍藏在包里，回家就插上，待生根发芽岂不是替这大武汉的花儿们发扬光大吗？心里想着，来到了湖边。

二

"这次采风大家一定要注意安全，带够衣服，可别着凉……"由于堵车，一早就晚到了几分钟，下车一路小跑，下电梯就听见了一个人铿锵有力的说话声，顺着声音赶紧走了进去，正是南昌市文联党组书记赵军在做采风活动前的动员报告。大凡采风活动都是和赵书记分不开的，他像一位大家长，总揽全局，每每细心叮嘱，让人心生暖意，印象深刻。这会儿我们一行人在湖边，走在木质的通道上，湖水非常饱满，一眼望不到边。

三

古隆中的雨丝留在了我的记忆里，来到这一智慧的发源地时，天气依旧不晴。在武侯祠里，一棵高大的桂树耸立其中，树上桂花零星，我仰望着它们，想象着诸葛孔明是怎样在这院中晴耕雨读，苦读兵书，想象着一棵桂树从三国越过了怎样的战火等到了我们，等到了我的祝福。哦，是的，想必它来自月宫，是一颗光明的火种！

在一片半人高的稻田旁，金色已经覆盖了它们，"呀，有一片稻田"，我欢呼了一声，高个的任志星看了一眼，并未吱声；我拐过去特意看了一下，旁边有一碑文，书写此为诸葛亮种田处，"啊呀，真的是呢"，我欣喜地说了出来，为此，我在心里默默地道了一声：圣人，你好！

四

登武当是此次的大戏。只可惜天不作美，小雨淅沥，大有不停之势，付长庚副主席大手一挥买雨衣、雨鞋（当然是一次性的），小龚、小磊、小涂于是买来了十几个人的，每人分发。一路上，作协秘书长吴欢和我各背一个包就上山了，其他的人都是轻装，付主席就对着我们说："你们要舍得放下，才会轻松。"瞧，多像个哲学家！

在道教圣地武当山，盘山公路蜿蜒向上，一个弯接着一个弯，方圆几百里，甚是辽阔，由于晕车，没敢多看；但是道教的一句"无量天尊"甚是深入我心，只在电视里曾经听过，此次采风才真正了解它的含义。一路登山，一路不断的有各个朝代的古迹、碑文，让孤陋寡闻的我大饱眼福，让我的人生添加了很多远古的诗情。纵然采风的几天温度极低，纵然雨水湿了我的皮鞋，那也是老天对我的虔诚布施的一次郁郁葱葱的画意。

余培的诗 / 余 培

由南昌抵武汉

在火车的行进中，我已经感觉到

凛冽的风了

湿润的雨水扑面

云与天空，无从分别

当我渐渐清醒，火车已经驶出了江西

进入一条长长的隧道

隧道口的柏树

正注视着我，一个来自南方之南的人

裹挟着满身蓬勃的醉意

起于赣江，终于汉水

在铁轨上搬运自己的温度

又一片青山被打湿了

我偷偷潜伏在这场雨中

悄然进入江城

黄鹤楼怀古

"昔人已乘黄鹤去"

当雨降落的时候，蛇山隐隐

黄鹤楼空空如也

我在顶楼

观壁画，看《长江万里图》

听盛唐滚滚的涛声

那些江上的风帆是历史

崔颢、李白、孟浩然……

也都是历史

他们在墙壁上挥毫

写下脍炙人口的诗句

写着，写着

黄鹤就出现了，那千年不遇的

黄鹤，成为万里长江最后一个韵脚

轻轻地落下

落于蛇山，落于黄鹤楼

落于我的身上

访襄阳古隆中

襄阳，在这个氤氲的秋日

我从南昌慕名而来。不登舟

不踏歌，不吟诵古人饱满的诗句

哦，我要把自己安放至古城之中

在汉水边，做一个甘心隐居的人

要举着浩浩荡荡的烟波，去往襄阳城西

穿越古隆中幽深的竹林

拜访孔明先生

在躬耕田里，看他弯腰劳作的情景

在草庐亭中再听一次《隆中对》

杯中的茶水温了又温

天下三分

江南绿了又绿

书 法 作 品　SHUFA ZUOPIN

崔颢《黄鹤楼》
唐俊晓

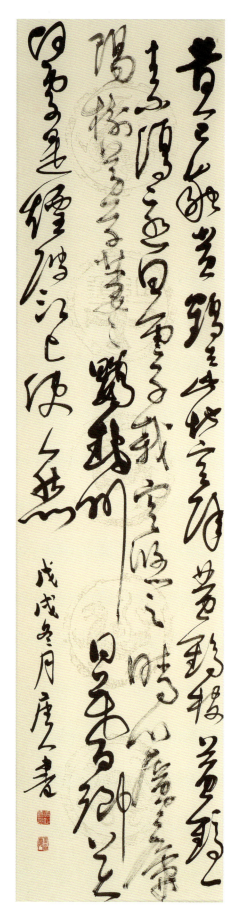

崔颢《黄鹤楼》
唐俊晓

天地本无心，万物贵生成。生成还复坏，金玉亦成空。皇天悔万恶，圣贤有劝惩。富贵非我愿，清虚道可宗。

右录张三丰诗 肖廉人书

张三丰诗
唐俊晓

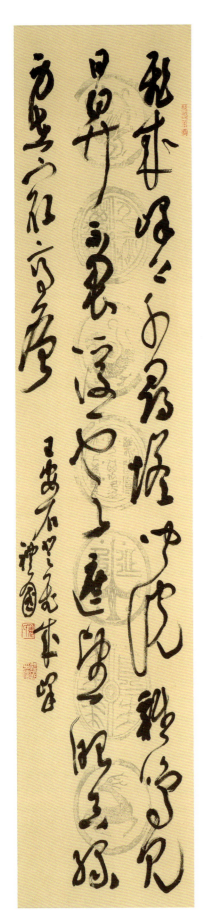

王安石《登飞来峰》
姜礼国

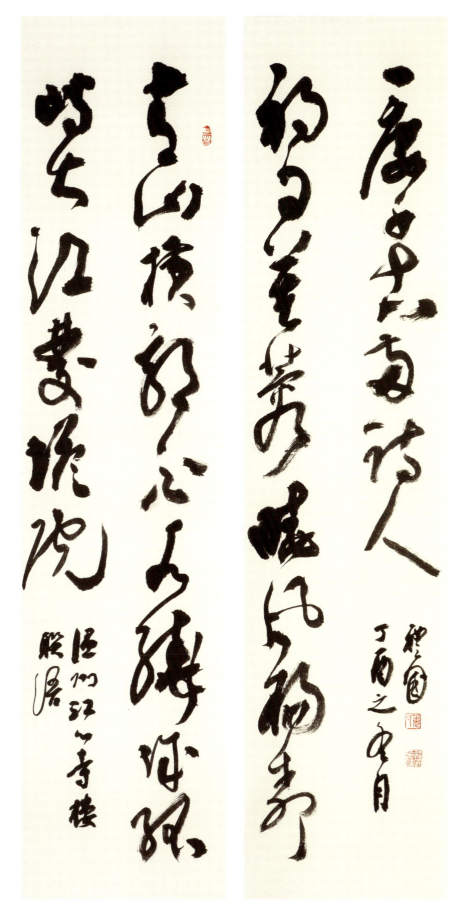

温州江心寺楼联语（对联）
姜礼国

夫君子之行，靜以修身，儉以養德，非澹泊無以明志，非寧靜無以致遠。夫學須靜也，才須學也，非學無以廣才，非志無以成學。淫慢則不能勵精，險躁則不能冶性。年與時馳，意與日去，遂成枯落，多不接世，悲守窮廬，將復何及。

諸葛亮誡子書 歲次丁酉陶立中敬書

诸葛亮《诫子书》
陶立中

鄂平先生诗
陶立中

鄂平先生诗一首
丁酉六月 陶立中书

朱熹《春日》
陶立中

朱熹《春日》
陶立中

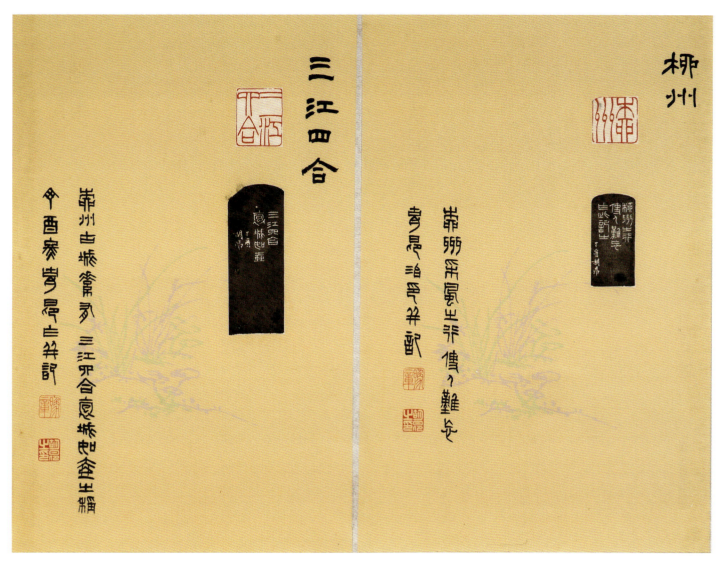

三江四合

柳州

篆刻印屏
胡昂

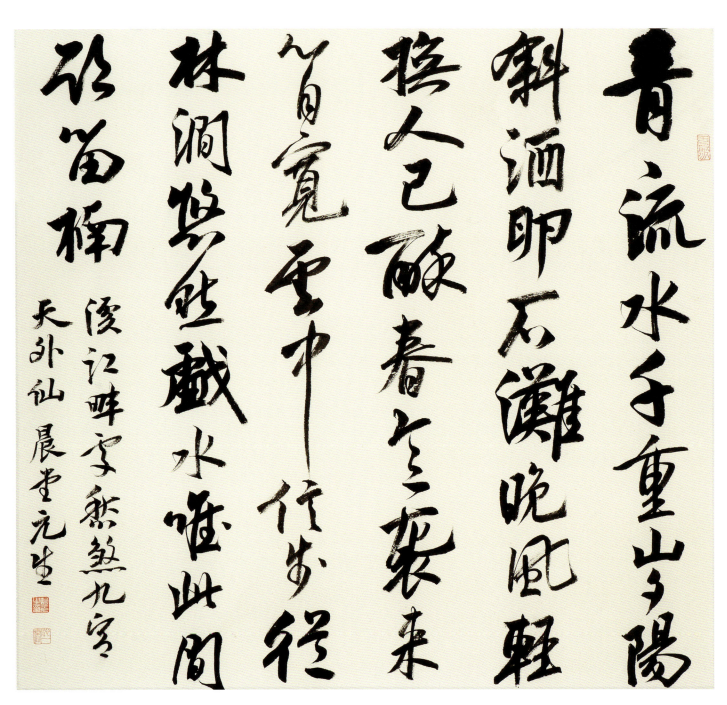

"青流"诗
胡元生

雅有登山癖

胡元生

东坡次韵
胡元生

绘 画 作 品　HUIHUA ZUOPIN

奇峰

丁磊明

山雨欲来
丁磊明

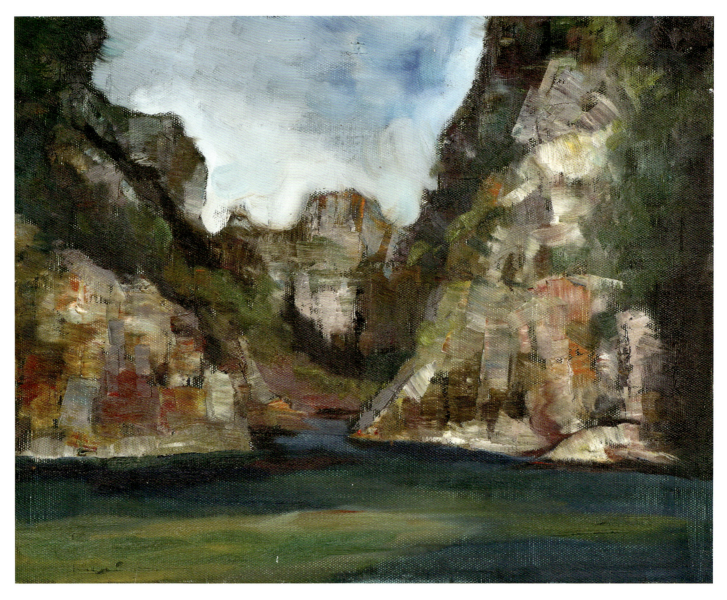

岁月静好
丁磊明

江南春晓图
刘杨

雁荡秋云
刘杨

云山闲居
刘杨

石桅岩登高图
张继允

雁荡山石桅岩写生

张继允

飘摇白石梯试磴苍龙背屃赑两隐窦岩孤清白云内窗汤显祖诗意

写汤显祖诗意

张继允

青龙檐翼青龙檐翼，廊桥卧波廊桥卧波

黎墨

东瓯奇柱
黎墨

雁荡灵岩
黎墨

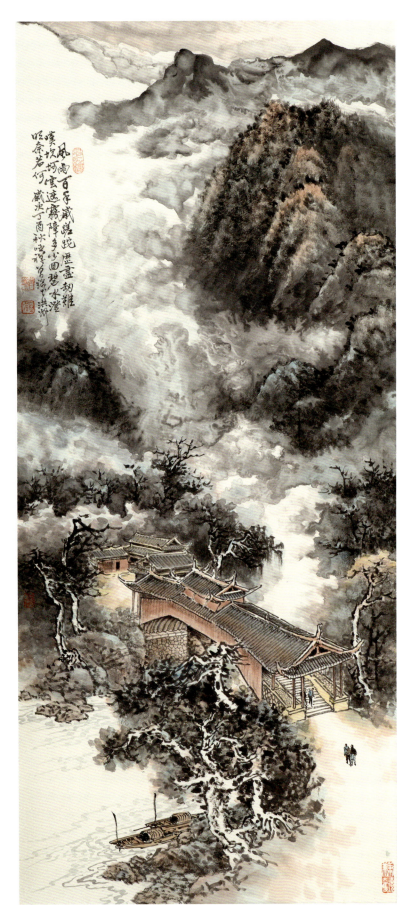

风雨百年岁蹉跎

曾端

雁荡夜未央
曾端

石峰并列

曾端

武当山天柱峰
熊培基

崔颢《黄鹤楼》诗意
熊培基

武当山南岩宫
熊培基

油画
王恩明

油画
王恩明

油画
王恩明

武当印象（一）
萧鸥鸣

武当印象（二）

萧鸥鸣

武当印象（三）
萧鸥鸣

山边水边待月明
钱志坚

年年岁岁花相似
钱志坚

带雨红妆湿迎风

钱志坚

山水
何旭星

山水
何旭星

山水
何旭星

武当云海
裴柯

日出
裴柯

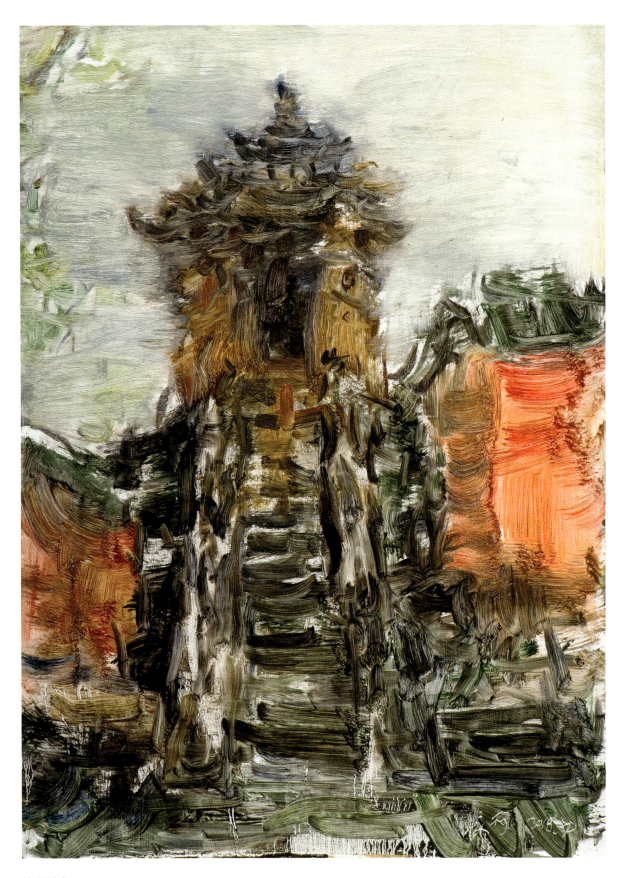

武当香火
裴柯

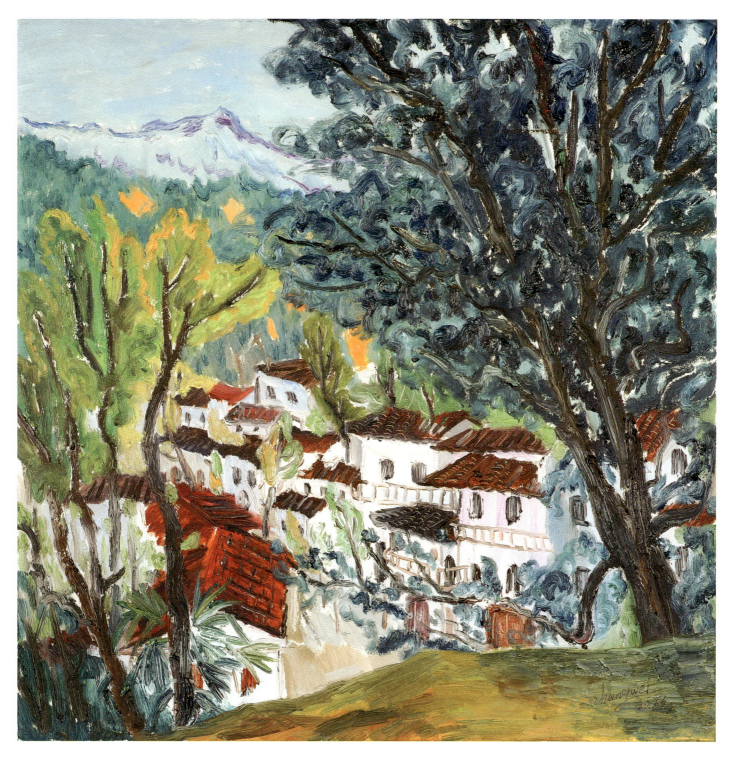

山居
张伟

远眺梅岭镇
张伟

春意
张伟

武当山采风（一）
刘永康

武当山采风（二）
刘永康

武当山采风（三）

刘永康

水彩画
樊钰辉

水彩画
樊钰辉

水彩画
樊钰辉

柳州风光
谭钰

柳州风韵
谭钰

鄱阳湖

徐昌森

山水
徐昌森

山水

徐昌森

新柚迎宾客
刘超俊

柿又红了

刘超俊

摄 影 作 品　SHEYING ZUOPIN

春意
王岩

呼应
王岩

仙境
王岩

老哥俩
浦敏

苗寨晨曲
浦敏

烟雨水乡
浦敏

百桌宴
饶良平

龙城朝晖
饶良平

三江鼓楼
饶良平

三江风雨桥
李和才

拦路对歌
李和才

侗族老人
李和才

大武汉

吕善勇

琼台
吕善勇

紫霄宫
吕善勇

丽水古街
甘永安

空中绝技
甘永安

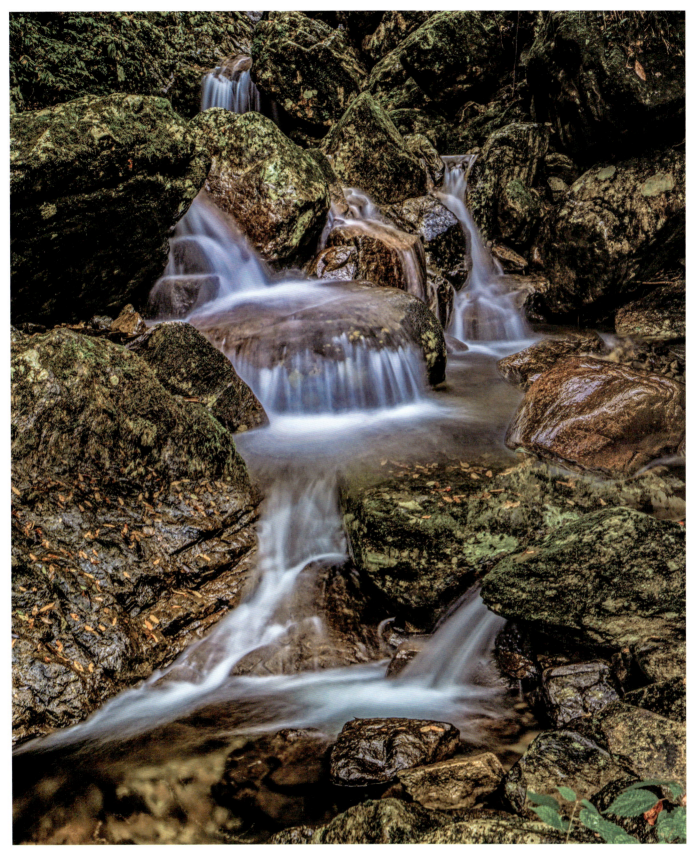

深山泉流
甘永安

历史见证
周胜华

太子坡九曲黄河墙
周胜华

云海
周胜华

养眼
黄春景

诱人
黄春景

朦胧
黄春景

图书在版编目（ＣＩＰ）数据

澄怀味象 ：南昌市文联2017年采风作品集 ／ 赵军主编.
—— 南昌 ：江西美术出版社，2018.7
ISBN 978-7-5480-6259-2

Ⅰ．①澄… Ⅱ．①赵… Ⅲ．①文艺－作品综合集－中
国－当代 Ⅳ．①I217.1

中国版本图书馆CIP数据核字(2018)第175640号

出 品 人 周建森
责任编辑 危佩丽
设 计 梅家强 刘 展　[先锋設計]
责任印制 谭 勋

澄怀味象——南昌市文联 2017 年采风作品集

出 版 江西美术出版社
社 址 南昌市子安路66号
邮 编 330025
电 话 0791-86566132
网 址 www.jxfinearts.com
E-mail 578736413@qq.com
发 行 全国新华书店
印 刷 浙江海虹彩色印务有限公司
版 次 2018年7月第1版第1次印刷
开 本 965mm×1270mm 1/16
印 张 10
ISBN 978-7-5480-6259-2
定 价 180.00元